嘘とひつじ

間之あまの

幻冬舎ルチル文庫

CONTENTS ✦目次✦

✦カバーデザイン＝コガモデザイン
✦ブックデザイン＝まるか工房

イラスト・蓮川　愛✦

嘘とひつじ

【1】

午前七時三十九分。

左手首の時計をちらりと見て、羽住弥洋（はすみやひろ）はエグゼクティブ・スイートの両開きのドアの前で背筋を伸ばす。

百七十三センチという身長よりすらりと高く見える細身の体に纏（まと）うのは、『ホテル　サガミ』の特別な客室係のみが身に着けるのを許された三つ揃（ぞろ）いのスーツ。黒髪はきちんと撫（な）でつけられ、細面（ほそおもて）の整った顔には知的な眼鏡（めがね）がよく似合っている。

その姿は地味ながらも端正で隙（すき）がない。

起こすように指示された時刻のきっかり十五分前に、カードキーで入室した。チャイムは押さない。それをお客様（ゲスト）に許されている。

皇帝の私室のようなオリエンタルかつ豪奢（ごうしゃ）なリビングルームを横切りながらも、つややかに磨きあげられた革靴は一切音をたてない。毛足が長い絨毯（じゅうたん）のおかげもあるけれど、一流のホテルスタッフにふさわしい身のこなしが体に染みついているからだ。

素早く、なおかつエレガントに。

勤め先の『ホテル　サガミ』は和風のインテリアと最高レベルのホスピタリティ、セキュリティの確かさで知られる国内屈指のラグジュアリーホテルであり、従業員は厳しい教育を受けている。

リビング奥のカウンターに到着した弥洋はモーニングティーの用意を始めた。

現在この部屋の主となっているお客様は常連で、緑茶や中国茶ではなく紅茶を好む。朝は濃いめのストレート、ただし渋くなってはいけない。

ティーソムリエの資格も持っている弥洋はお客様の好みを考慮して茶葉をブレンドし、抽出時間も調整する。白いカップに映える金環つきの琥珀(こはく)色。ふわりとした湯気とともに豊かな香りがたちのぼる。

本来ならアメニティ、もしくはルームサービスでお客様自らが用意する紅茶を弥洋が淹(い)れているのは、この部屋の主が『ホテル　サガミ』の特別サービス――「マイ・バトラー」制度を利用しているからだ。

マイ・バトラーとは指名を受けたコンシェルジュが部屋付きになり、その名のとおりに「執事(バトラー)」としてお客様に仕える。気軽に頼めるような料金設定ではないけれど、客室内でもこまやかなサービスを受けられるのが喜ばれている贅沢(ぜいたく)なオプションサービスだ。

いわば上客のみが利用できる、プライベート・コンシェルジュ。

お客様の要求にスピーディーかつ的確に応える能力が求められるバトラーはベテランぞろいで、二十九歳の弥洋は最年少だ。

ちなみにバトラーに抜擢されたのは三年前。異例の若さだったけれど、選ばれるために寸暇を惜しんで同期の何倍も努力した自負がある。

親の仕事の関係で、弥洋は十三歳までをフランスとイギリスですごした。フランス語も英語もネイティブレベルで話せるのだけれど、海外からのお客様が多いこのホテルでは複数言語を扱えるスタッフは珍しくない。

ただ「使える」だけでなく、「何を話せるか」まで踏み込んでこそ。

そう思った弥洋は、お客様に何を聞かれても答えられるようにと知識と語彙を増やすように努めた。ホテル業務に必要な内容はもちろんのこと、自国と各国の文化や歴史、宗教、政治、習慣の違いや防災関係について学び直したのだ。仕事がら使える言語は多いほどいいから、スペイン語やドイツ語、中国語などの勉強も並行して進め、いまでは簡単な日常会話くらいなら八カ国語でできる。

先輩方にお薦めの講座や先生を教えてもらっておもてなしの極意と美しい身のこなしを学ぶ一方、バトラーの必須条件になっている護身術を身につけるべくマーシャルアーツのジムにも通った。ティーソムリエをはじめ、バトラーとして役に立ちそうな資格をいくつも取得し、現在進行形で勉強を続けている。

エレガントで有能なたたずまいの裏にあるのは、泥臭い努力の日々の積み重ねなのである。
すべてはいま隣のベッドルームでおやすみ中のお客様——現在の「主人（マスター）」に仕えたい一心だった。

マスター好みに淹れた紅茶を銀のトレイに載せて、寝室に向かう。ドアに近づくにつれて鼓動が勝手に速まるのを感じて、わずかに眉をひそめた。

仕事に私情は厳禁なのに、どうしてこうままならないのか。せめて表情や態度に出ないようにしなくては。

深呼吸をして、寝室のドアを開ける。室内は暗い。重厚なカーテンが朝の光をシャットアウトしているからだ。

目が慣れてきたら、薄暗い中でもキングサイズのベッドで眠っている人物がくっきりと際立（きわだ）つ存在感を伴って視線を奪った。抑えたいのにどうしても鼓動が乱れる。

（仕方ないよな、憧れの方だし……）

ベッドサイドテーブルにトレイを置き、ゆっくりとカーテンを開ける。

「ん……」

身じろいだ彼に光が当たり、その神々（こうごう）しいほどの姿をあらわにする。

真っ白な枕に乱れて広がる長めの髪はきらめくナチュラルブロンド、凜々（りり）しい眉と長いまつげはもっと濃い金茶色をしている。高い鼻梁（びりょう）、肉感的な形のいい唇。すべてのパーツが理想的に配置されている美貌にふさわしく、その大柄な体躯は見事に引き締まっていて、逞しくも美しい。

世界一麗しいギリシア彫刻に命が宿ったかのような彼は、ゴージャスな外見と同じくらい素晴らしい才能を神様からギフトされている。

レオン・フォン・ヴァレンバーグ監督。

三十五歳にして世界中で名を知られている、ベルギーはブリュッセル出身の脚本家兼映画監督だ。

人気俳優の母親と売れっこ舞台監督の父親のもと、生まれたときから映画や舞台を浴びるほど見ていたレオンは幼くしてその才能を開花させた。

薔薇色の頬をした金髪碧眼の天使のごとき愛らしいビジュアル、年齢にそぐわないほど高い演技力で天才子役としての名をほしいままにしていたが、十代になってすぐにフランスに留学して表舞台から姿を消す。

それから数年ののち、大学在学中に撮った自主製作映画が口コミで評判になった。

アーティスティックでありながらエンタメ性と社会風刺も見事に織り込まれたその作品は世界的にも権威ある映画祭で高い評価を得て、カメラ・ドールこと新人監督賞を獲得する。

授賞式に現れた美貌の若き監督がかつての天才子役・レオン本人だと判明したときは、その成長ぶりも話題となって世界中の注目を浴びた。

そんな中で発表した二作目もヒットを記録し、ヴァレンバーグ監督は瞬(またた)く間に人気監督の仲間入りを果たした。以来、コンスタントに作品を発表しているレオンはいまや世界中で新作を待たれている監督の一人だ。

イギリスに住んでいたころ、話題作だからと足を運んだ映画館でレオンの初監督作品を観た弥洋は子どもながらにすっかり彼の世界観に魅了され、ファンになった。

レオンの作品は、どれも冒頭からヴァレンバーグ監督作品だとわかる個性がある。

こだわりを感じさせる美しい映像と洒落(しゃれ)た会話、独特の間合い、邪魔にならないのに耳に残る音楽。どのシーンを切り取っても見ている人を一気に引き込むのは、計算され尽くした絵画的映像に力があるからだ。

もちろん映像だけじゃなく脚本も魅力的だ。ちりばめられた伏線を見事に回収してゆく展開に目を離せなくなり、あっという間に上映時間が過ぎる。短く感じるのに濃密という贅沢な時間体験が癖になる。見終わったときには深い人間愛にじんわりと胸を満たされ、作中で提起されていた社会問題――差別や偏見、政治や歴史、地球環境など――について考えずにはいられない。

受け取る情報を選べる現代では、社会問題など面倒なもの、特に自分の見たいものからはずれている情報を進んで見たがる人は少ない。重要な問題から目をそらして「なかったこと」にしてしまう。

それを、レオンはエンタメ作品内にうまく織り込んで「なかったこと」にさせないようにしているのだ。

メッセージが心に届くか届かないかは見た人の感受性次第だけれど、見る人が多ければそれだけキャッチする人も増える。問題を解決したいと考える人が増えれば世の中はきっと少しずつよくなる。

ヴァレンバーグ監督のそういう姿勢も含めて弥洋はいちファンとしてずっと敬愛していた。その感情に違う色合いが重なったのは、ホテル勤めを始めてからだ。

『ホテル　サガミ』がヴァレンバーグ監督の日本での定宿（じょうやど）というのはファンの間では有名な話で、就職活動の際、条件がいいというだけでなく憧れの監督に会える期待をこめて弥洋はこのラグジュアリーホテルでの就職を目指した。

無事に入社して間もなく、事件は起こった。

各部門をひととおり回る研修中だった弥洋は、初めてのフロント業務で粘着クレーマーに当たるという不運に見舞われてしまったのだ。些細（ささい）なことに延々と文句を言い、何度も謝らせることで日頃の鬱憤（うっぷん）を晴らすというタイプのクレーマーは、なまじ態度だけは丁寧だからフロントマネージャーも割って入りにくい。

クレーマーに五度目の「申し訳ございません」を口にしたとき、人影がさした。朗（ほが）らかで魅力的な低音のフランス語が耳に飛びこんでくる。

『こんにちは。邪魔して悪いんだけど、このあたりでお薦めのレストランを教えてもらえるかな』

眼鏡の奥の目を瞬いて顔を上げると、ホールのシャンデリアの明かりできらめく金髪、美しい海の色の瞳をした見上げるほど長身の美男がにこやかに立っていた。

一瞬心臓が止まって、勢いよく打ち始める。

こんなタイミングで、憧れのヴァレンバーグ監督に声をかけられるなんて。泊まっているとは聞いていたけれど実物を目にしたのは初めてだ。

めちゃくちゃ大きいし、とんでもない美形だし、声までいい。

すぐにでも応対したいけれど、クレーマーを放っておくわけにもいかない。入社したばかりで仕事に慣れていない弥洋はおろおろと美男とクレーマーを見比べる。クレーマーは突然現れた金髪碧眼の美男に圧倒された様子で呆然としていた。

『割り込んですみません。でも彼の名札にフランス語ができるマークが付いていたので、フランス語話者の僕としては譲っていただけたらありがたいのですが』

きらめく美男に話しかけられたクレーマーが助けを求める目を弥洋に向けた。

「英語じゃない、よな……?」

「フランス語をお使いになっています。私がフランス語でご案内可能という目印を付けておりますので、よろしければ譲ってほしいと」

「あ、ああ……、そう。べつにいいよ、もうこっちの用も済んだし……」

言いながらクレーマーはじりじりと距離をとっている。理解できない言語でにこやかに話しかけられたことで居心地の悪さを感じて、これ以上巻き込まれたくないと思っているのが明らかだ。

『ありがとう』

にっこりしてお礼を言われたクレーマーは、毒気を抜かれたようにそそくさと去っていった。

ほっとした弥洋にレオンが綺麗なウインクをくれる。

『平和的に解決できてよかった』

助けてくれたのだ、といまさらのように気づく。

お薦めのレストランを紹介して心からのお礼を伝えると、レオンはやさしく笑って「お礼を言うのは僕の方だよ。素敵なレストランを教えてくれてありがとう」と返してくれ、弥洋の胸に雷が落ちた。

(あれだけの才能があって、このビジュアルで、性格までいいなんて完璧すぎる……。惚れるなっていう方が無理だよなあ)

幼少期を英仏で育った弥洋にとって同性愛者は身近なもので、自分の気持ちを認めるのにも大きな抵抗はなかった。これまで恋愛に興味がなかったからどっちが対象かわからなかったけれど、そういうことだったのか、と納得したくらいだ。

だからといってレオンに気持ちを伝える気はない。

歴史のあるホテルだけに『ホテル　サガミ』ではお客様との恋愛トラブルがたびたび起きていて、事例が積み重なることで不文律ができている。

お客様との恋愛禁止。プライベートで会うことも禁止。

お客様に恋愛感情を抱いてしまった場合、もしくはお客様から通常のホテルスタッフに対する以上の関心と執着を抱かれてしまった場合は、該当スタッフはハウスキーパーやオペレーターなどの直接お客様とやりとりしない部署に異動、もしくは速(すみ)やかに退職するべし。

レオンの「マイ・バトラー」でいたいなら恋心を胸の奥に閉じ込めて、しっかり蓋(ふた)をしなくてはいけない。

日本びいきで撮影がない時期はずっとホテル暮らしをしている人とはいえ、会える日数は年間トータルで多くても三カ月足らずだ。滞在期間をプロのホテルマンの顔で乗り切るのには慣れている。全裸で寝る主義のマスターを起こすたびに緊張はしてしまうけれど。

静かに深呼吸をして、心を無にしてから弥洋は脳内のフランス語のスイッチを入れた。指定の時刻ちょうどに声をかける。

「おはようございます、レオン様。お目覚めのお時間です」

「んん……」

ごろりと寝返りをうった彼に大きく心臓が跳ねる。

がっしりと広い肩、逞しい胸、綺麗に割れた腹筋、さらにその下がきわどいところまであらわになって目のやり場に困るものの、あやうく取れそうになったホテルマンの仮面を弥洋は一瞬でつけ直した。そっと上掛けを引っぱり上げて見事な裸体を覆い隠す。

「五分後にまた来ましょうか」

「……駄目（ノン）」

寝起きならではの少しかすれた低音で呟（つぶや）いて、レオンがゆっくりと目を開ける。

はっとするほど美しい海の色の瞳に射貫（いぬ）かれると、いつも心臓が止まってしまうような気がする。直視は危険、なのにそらせない吸引力。

「きみは僕のそばにいないといけない……」

「ここにおります。あと三分で八時ですが、起きられますか」

ドキドキしているのを押し隠して弥洋はプロの笑みを唇にのせる。と、レオンがゆったりと手招いた。

無言の命（めい）を察して、弥洋は爪の先まで美しいマスターの大きな手を取る。きゅっと握られて、やさしくも逃がさないような力強さと体温に鼓動が速くなった。

「ハスミがキスしてくれたら起きるよ」

「起きてくださったら考えてもいいです」

答えるなり、ベッドで色気を振りまいていた美男が腹筋のみで軽やかに身を起こした。

「起きたよ」

にっこりした彼が手を引いて抱き寄せようとする。予測していた弥洋は体を反転させてするりと逃げ、落ち着いた顔と声を意識して返した。

「考えた結果、不適切な行為であると判断しました」

「ああ、今日も駄目か」

「八時前に起きることができてよかったですね」

「ハスミのキスがもらえたらもっとよかったんだけどね」

残念、と言いながらも飲みごろになったモーニングティーを受け取ったレオンは機嫌よく笑っている。本気じゃないのだから当然だ。

いつからか、レオンは寝起きにこういう冗談を仕掛けてくるようになった。

溢(あふ)れる魅力と才能でお相手がよりどりみどりなせいか、「絶対に落ちないホテルスタッフ」は彼にとって新鮮でおもしろい玩具(おもちゃ)になったらしい。思わせぶりなことを言いながらもあくまで冗談、本気で口説(くど)いてくるわけじゃない。

冗談だとわかっていてもドキドキしてしまうからこういうバトラー遊びはやめてほしいのだけれど、マスターが気分よく起きられるのならば付き合わないわけにはいかない。

レオンが紅茶を飲んでいる間、弥洋は今日の予定を確認する。

「マネージャーのブルーノ様から夜にスポンサー主催のパーティがあるとうかがっていますが、日中はどうなさいますか」

「取材ついでに美術館巡りをしてこようかな。何かお薦めがある？」

問いかけにすぐ複数の美術館の名を挙げて、展示テーマと目玉作品情報を付け加える。聞き終えたレオンがにっこりした。

「さすがハスミ、僕の好みをわかってるね。ぜんぶおもしろそうだ」

「では、朝食後にリーフレットをお持ちしますね」

事前に調べておいた甲斐があったのを内心で喜びつつ、弥洋はベッドから起き出したマスターの広い背中にシルクのガウンを着せかける。

レオンがバスルームを使っている間にホテル自慢の朝餉御膳を手配した。

本日は炊きたてのごはん、あさりと葱のお味噌汁、鮎の塩焼き、鮪のヅケと焼き明太子と牛肉のしぐれ煮の三点盛りの小鉢、出汁巻き卵、香の物として胡瓜と蕪の柚香漬け。デザートは八月らしく西瓜のゼリーだ。さらにレオンの好きなヨーグルトとフルーツの盛り合わせも追加してある。

「うん、完璧だね」

ボリューム満点の朝食を前に、バスローブ姿で席に着いたレオンはさっそく箸を手に取る。

かつて弥洋も練習に付き合った箸使いはもう堂に入っていて、念のために添えてあるカトラリーを使うこともない。

食事中に話し相手をするのも弥洋の仕事だ。世界各国の主なニュースをフランス語に訳して伝え、彼の意見を聞く。

好奇心旺盛で異文化を積極的に知ろうとするレオンは博識で、監督ならではの俯瞰視点、芸術家らしい独自の感性でものごとを考察するから話を聞くだけでも勉強になって楽しい。

友達として率直な意見を交わせたらもっと楽しいだろうと思うものの、弥洋は微笑んですべてを受け止め、適切な言葉を選んで返す。あらゆるお客様を受け入れるホテルのスタッフは、内心はどうあれ対外的にはニュートラルであるべきだからだ。

それがレオンはご不満なようで、たびたび「もっとハスミの本音が聞きたいんだけどなあ」と言われている。フレンドリーな人だから四六時中そばにいるバトラーが他人行儀なのがもどかしいのだろう。

ちなみに本来「ヴァレンバーグ様」と呼ぶべきところを「レオン様」と呼んでいるのも彼の意向だ。さすがにこちらを下の名前で呼ぶのは遠慮してもらったけれど、レオンは何かと距離を詰めてこようとする。朝食時も然り。

「これ、すごく美味しいな。ハスミも食べてみない？」

脇に控える弥洋におかずを差し出すレオンに、微笑んでバトラーらしい返事をする。

「お口に合ってなによりです。美味しいことは存じておりますので、すべてレオン様が召し上がってください」

「ひとくちだけ」

「残念ながらひとくちも入らないほど朝食を食べてきてしまいました」

「僕はただ、ハスミと一緒に朝食が食べたいだけなんだけどなあ……。どうしたらきみとプライベートで食事ができるんだろう」

「難題ですね」

「その気がないって遠回しに答えてくれてありがとう」

苦笑して、レオンは牛肉のしぐれ煮を口に放りこむ。続けて白米。

「こんなに美味しいのになあ」と残念そうに呟き、もの言いたげな目線をくれるけれど、弥洋は微笑みをキープして「そう言っていただけるとシェフも喜びます」と返す。

ふふ、と彼が笑った。

「フラれるのは残念だけれど、毎回バトラーらしいフレーズのみで逃げ切るきみに感心するよ。ハスミは頭の回転がいいよね」

「おそれいります」

好きなひとに褒められて内心では飛び跳ねていても、表面上は落ち着いた表情と口調で返す。彼のバトラー遊びで鍛えられてきた成果だ。

食後は応接用のテーブルに展覧会のリーフレットを並べた。さっそくチェックしたレオンが二枚選び出す。

「今日は琳派展と仏像の世界展に行こうかな」

「それでしたら、先に琳派展に行かれるのをお勧めいたします。こちらの美術館は館内のレストランのコラボメニューが毎回素晴らしいのですが、正午を回るとすぐ売り切れてしまいますので」

「ハスミも行ってみたの？」

「残念ながら、今回はまだです。会期が終わる前に行きたいのですが」

「一緒に行く？」

さらりと誘われて心臓が跳ねたけれど、微笑んで返した。

「では、心だけご一緒させていただきます」

「ちゃんとついてきてね？」

くすりと笑ってレオンが自分の肩を軽くたたく。イメージとしては背後霊だろうか。

本当についていけたらいいのに……と思いながらも「かしこまりました」と落ち着いたトーンで冗談を受け止めた。

ルートが決まったところで美術館巡りにふさわしい服装と靴を選び、髪のセットを手伝った。ヘアメイクは他のお客様にはしないのだけれど、何をどうしても様になってしまうせいか自分の外見に無頓着なレオンが寝起きのまま適当に髪を縛るのを見かねて「特別サービス」として引き受けるようになった。

豊かな金髪を丁寧にブラッシングして、少しルーズなハーフアップに仕上げる。

（は～、格好いい……）

思わず見とれてしまいそうになるけれど、もちろんこれは職権濫用して自分好みに仕上げたわけじゃない。レオンは着心地がよくてラフな服を好むから、髪型もきっちりしない方がいいのだ。夜のパーティ用は改めてスーツに合うアレンジをする。

（任せていただいているからには、完璧にしたいし）

一流のホテルマンはなんでも一流、どの職場でも重宝されるというのは有名な話だ。彼のバトラーになって以来、弥洋は美容師資格の勉強もしている。

決してレオンのためだけに資格を取ろうとしているわけではない……と自分に言い訳したところで、他のお客様にはしないサービスのためにプライベートの時間を費（つい）やして勉強している時点で無駄な言い訳だ。

レオンの身支度が整い、まさに出かけようというタイミングで来客があった。

「おはよう（ボンジュール）、ハスミ。ライオン大帝（ル・グラン・レオン）のご機嫌はいかがかな」

ダークブラウンの髪に明るいブラウンの瞳をした、人なつこい笑顔の男性はレオンの友人であり、マネージャーでもあるブルーノだ。

ヴァレンバーグ監督のスケジュール調整や渉外、必要な資料や物や人の手配、その他の雑事全般を担っている彼は、マイ・バトラーサービスは利用せずにホテルの下の階に滞在している。

おはようございます、と弥洋が返す声に背後からレオンの声が重なった。

「ご機嫌は麗しいけど、それはいまから美術館巡りに行くからだよ。急な書類仕事は受け付けてないからそのつもりで」

「えーっ、ちょこっと確認してサインするだけだよ？　大量の書類を俺がせっせと選別してきたからボリュームは元の四分の一だよ？」

「その確認とサインにかかる時間は？」

「十五分くらいかな、内容をよく見なければ」

きょろんとブラウンの目をそらしてブルーノが小首をかしげる。レオンが嘆息した。

「内容を見ない危険は冒せないよ。でも、わざわざ持って来たってことは至急のものがあるんだろう？　どうしても今日必要なぶんだけ五分以内にもう一度選別して」

「オッケー、王様の御慈悲に感謝だ」

さっそく部屋に入ってきたブルーノがソファに腰かけ、抱えている書類をチェックして至急のものを抜き出してゆく。向かいに座ったレオンがそれに目を通し始めた。

マスターの手許には万年筆を、ブルーノのそばには至急以外の書類を入れるためのファイルをすっと置いてから、弥洋はカウンターに移動してお茶を淹れた。

ダージリンをマスターにはストレートで、ブルーノには彼の好みに合わせて砂糖をふたつ溶かす。

書類選別を終えたブルーノにカップを渡し、代わりに「至急じゃない組」のファイルを受け取った。

「こちらはいつまでに？」

「できるだけ早く、一週間以内でよろしく」

「かしこまりました。レオン様にサインをいただき次第、お届けにまいります」

締切をメモして保管用のキャビネットに片付ける。

甘い紅茶を飲みながらブルーノが満足げにブラウンの目を細めた。

「は〜、『ホテル　サガミ』は天国だね。ごはんは美味しいし、掃除も洗濯もしなくていいし、ハスミが俺の仕事を手伝ってくれるし」

バトラーの職分として引き継いでいるにすぎないのだけれど、役に立てているならなによりだ。弥洋は微笑んだものの、レオンはマネージャーをやんわり叱る。

「天国には同意するけど、ハスミに仕事を押しつけすぎるなよ？」

「とか言って、俺よりハスミがそばにいる方がうれしいくせに」

「そうだね、否定はしないよ」

「うわっ、正直」

「僕の美徳だ」

にっこりして最後の一枚にサインしたレオンが書類を差し出すと、受け取ったブルーノがやれやれという表情で軽く肩をすくめた。

「雇い主に邪険にされて傷ついたから、可哀想な俺は悲しみを癒やす旅に出るよ。きみのバトラーみたいに帰りを待ってくれてるメイドちゃんが秋葉原にいるんだ」

「仕事もしろよ？」

「もちろん。レオンこそ働けよ？　そのカメラで気になるものを撮ってるだけじゃ映画はできないぞ」

「教えてくれてありがとう。じつは知ってたよ」

ふふ、と笑ったレオンが万年筆を置いて手に取ったのはハンディカメラだ。いつもは窓際で充電しているそれは、彼が出かけるときの相棒でもある。

記録するだけならスマホでも十分なのにあえてハンディカメラを愛用しているのは、ぱっと見で撮影中だとわかるとあまり邪魔されないうえに、その辺に置いたままでも撮れるという使い勝手が魅力らしい。カメラが苦手な人への取材時や、定点カメラとして時間の流れを撮りたいときに便利なのだそうだ。

「ヤバいものを撮って捕まらないように気をつけろよ」

バッグにカメラを仕舞うレオンをブルーノがにやにや笑いでからかうと、レオンはすまし顔で答える。

「大丈夫だよ、ブルーノが期待してるようなのは撮ってないから」

「おや、俺が何を期待してるかわかるのかい？」

「きみの頭にいま浮かんでいるような映像だろう？」

「とんでもないな！」

ふざけあう二人は長年の親友のような雰囲気だけれど、じつはブルーノがマネージャーになったのはほんの二年前だ。

勤め先が倒産したブルーノが「ひさしぶり！　同じ大学のよしみで仕事に空きがあったら回してくれないか」とレオンの元を訪ねてきたのが交流再開のきっかけで、大人になってからの付き合いは弥洋より短い。

（やっぱり、片方が線引きしてたら親しくなるにも限界があるよな）

仕事仲間でありながら軽口を叩きあい、レオンのそばにいられるブルーノに羨ましさを感じないと言ったら嘘になるけれど、職種も出会い方も違うのだから羨んでも仕方のないことだ。

そもそも『ホテル　サガミ』に勤めなかったら、弥洋とレオンの人生はきっと一瞬交わることさえなかっただろう。

かつて子役だったこと、有名人の両親のことが作品を観るうえでの邪魔になるのをなによりも嫌うヴァレンバーグ監督は、マスコミを好まない。彼らを敵に回したときの面倒くささと宣伝力も知っているから礼儀正しく振る舞うものの、取材を受けるのは特定の会社や記者のみだ。芸能関係者でもない限り、日本で普通に暮らしていて彼に出会って親しくなる可能性はまずない。

そう思うと、いまの関係は貴重で幸福だ。

友達にはなれなくても、間近で憧れのひとの麗しい姿を見て、環境を整えることで彼が才能を発揮する手伝いがわずかなりともできるのだ。

紅茶を飲み干したブルーノがサイン済みの書類を抱えて出て行こうとして、「あ、そうそう」と弥洋を振り返った。

「今夜のパーティ、スポンサー企業のお偉いさんたちも来るからレオンに『ちゃんとした格好』させてくれる？　襟なし、タイなしはＮＧなんだ」

「かしこまりました」

「ハスミに任せておいたら安心だ。じゃあまた夜に」

ひらひら手を振ってブルーノが去る。

外出準備が整ったレオンもすぐに続くのかと思いきや、なぜか弥洋の前で足を止めた。戸惑いながらも落ち着いているふりで目を上げると、にこりと笑って誘われる。

「やっぱり、心だけじゃなくハスミも一緒に出かけないか」

さっきの美術館巡りのお誘いだ。外出の同伴を誘われたのは初めてで驚くものの、弥洋は表面上は穏やかに微笑む。

「ご一緒できたら光栄なのですが、私の仕事はここでレオン様を待つことですので」

「断り方がうまいね」

「おそれいります」

なんとかプロらしく乗り切った弥洋は、自分を立て直すためにも腕時計に目を落とした。

「そろそろ出られた方がよさそうですね。今日は暑くなるそうですので……っ」

続く声が不自然に途切れたのは、大きな手に腕を摑まれたからだ。接触に動揺している弥洋の時計をのぞきこんで、レオンが納得顔で頷く。

「本当だ、もうこんな時間か」

顔が近すぎる。緊張で呼吸すらままならないし、触れられているところから激動の脈に気づかれてしまいそうだ。至急距離をとらねば。

さりげなく腕を引き抜いて、こっそり深呼吸をしながら弥洋は一歩後ろへ引いた。

「レオン様の腕時計をお持ちしましょうか」

「いや、いいよ。時間が知りたいときはスマホがあるし」

じゃあいまのはなんだ、と思うものの、ちょうど手近にあったから、という感覚に違いない。深く考えるだけ無駄だ。

自分にそう言い聞かせながらもなかなか動悸が収まらない胸を完璧に隠して、弥洋はホテルを出てゆく長身の後ろ姿を綺麗なお辞儀で見送った。

マスターが外出している間のバトラーは暇かと思いきや、そんなことはない。

先回りして確認・手配をしておくべきことが山積みだし、手が空いたら通常のコンシェルジュ業務の手伝いに駆り出される。

滞在中はすべてホテル内のランドリーサービスに出しているレオンの衣類を受け取って所定の位置に片付け、ハウスキーパーによるクリーニングが終わった客室内をチェックし、食事中のレオンの様子から得た情報を厨房に共有する。ブルーノから聞いた今後のレオンのスケジュールに必要そうな情報は可能な限り調べ、できる範囲で用意しておく。

今夜のパーティ用の衣装一式も手配した。使用頻度が少ない衣類はレンタルするか現地で買うというレオンは、ドレスアップするときはホテル内のレンタル衣装を使うからサイズも好みもばっちり把握済みだ。

てきぱきと働いていたら、仕事用のスマホにメッセージが届いた。見れば、数時間前に出かけていったマスターからだ。

『見事だったからハスミにも見せたくて』

添えられていたのは、美術館のコラボランチの写真だった。

琳派らしく装飾的で華やか、それでいてモダンな皿はどれもアートのように美しい。食べるのがもったいないくらいだけれど、みずみずしさや照り、湯気まで見事にとらえられていてめちゃくちゃ美味しそうだ。さすが映画監督、写真もうまい。

出先でも自分のことを思い出してくれたのがうれしくて唇がほころんだ。

『ありがとうございます。目でご馳走(ちそう)になりました』

返事を送って、せっかくだからと自分も昼休憩をとることにした。離れていても、同じタイミングで昼食をとるのはなんとなくうれしい。

(俺のはこんな豪華ランチじゃないけど)

ホテルスタッフはお客様に影響が出ないタイミングを見計らって、仕事の合間にささっと食事をすませるのが常だ。表の優雅さとはうらはらに雑なランチが多い。

弥洋も例に漏れず、だいたい出勤時にコンビニで調達したサンドイッチかおにぎりだ。片手で食べられて、個包装で、エネルギーになる炭水化物。

休憩はバックヤードでとるのだけれど、バトラー組はマスターからの急な呼び出しに即応できるようにスイートルームがある各階にバトラー専用の待機室、通称「バトラールーム」がある。

名前は洒落ていてもロッカーと長椅子(ながいす)、事務デスクと椅子、備品の詰まった棚、仮眠用のベッドがあるだけのまさにスタッフルーム、ホテルの隣にある実務部門が集まった「別館」

のそれと大差ない。

（でも、いちいち別館まで行かなくてすむのはありがたいよな）

脱いだ上着をハンガーにかけて、卵とハムのサンドイッチ、紙パックの野菜ジュース、プライベート用のスマホと韓国語のテキストを取り出した。

食べながら勉強するつもりだったけれど、テキストを開く前にプライベート用のスマホに着信があるのに気づく。今度はマスターからじゃなく、友人夫婦からのメッセージだ。

『我が家にも立派な生ハム原木がやってきました』

「原木って……」

ベビー誕生みたいなノリのおかしな報告に思わずツッコミを入れたものの、写真を見て納得した。釣果（ちょうか）を自慢する釣り人さながらに夫婦二人で捧げ持っている生ハムは、バルなどで見かける木材みたいな例のアレだ。

赤いルージュの唇でにかっと笑っている華やかな美女は山本樹里（やまもとじゅり）、女性ファッション雑誌の編集者をしている。めちゃくちゃ人脈が広い彼女にはコンシェルジュとして困ったときにたびたび助けてもらっていて、「肌を傷つけない上質な足枷（あしかせ）を鍵付きで、一時間以内に」なんていうとんでもないリクエストを先日お客様にされたときにも、彼女の知人の知人がその手のグッズを取り扱う店のオーナーだったおかげで無事に入手することができた。

その隣で人のいい笑みを見せているのは山本優太（ゆうた）、主夫業をしながら在宅で映画をメインとしたライターをやっている。手先が器用なアイデアマンの彼は、数年前からネットで人気を博しているコスプレイヤーという一面をもっているらしい。断言じゃないのは、「素顔を知ってる人に見られるのは照れる」と写真を見せてくれないせいだ。弥洋としては「あの目立つのが苦手な優太がコスプレを……？」と半信半疑だったりする。

二人とも同じ大学出身で、ヴァレンバーグ監督の大ファンということで馬が合って仲よくなった。

『これで飲み会しよう。最短でいつ時間ある？』

生ハム原木写真に続いて届いていたメッセージに、少し考えてから返事を送る。

『バトラー中だからマスター次第』

すぐに樹里から返事がきた。

『マスターに早あがり頼めないの』

『そんなバトラーは失格です』

『敬語やめて』『真顔でダメ出しする弥洋が見えた』『これはバトラーハラスメント、バトハラだ』

連続してメッセージが届く。バトハラなんて無茶な言いがかりだけれど、彼女のこういう主張には慣れている。気にせず返した。

『マスターの滞在が終わったら通常勤務になるけど、それまで保留ＯＫ？』

指名がない期間はマイ・バトラーではなく、普通のコンシェルジュとして仕事する。早番、中番、遅番があるけれど、弥洋の場合は基本的に早番、午前九時から午後六時までの勤務になるから夜の予定が立てやすくなる。

さっそく樹里から確認された。

『マスターは何日滞在？』

『守秘義務により黙秘』

『予定が立てらんねえええ！』

ブーイングしているスタンプも送りつけられたけれど、こればかりは仕方がない。

ホテルマンとして守秘義務の遵守（じゅんしゅ）は当然だし、バトラーの勤務形態は特殊だ。マスターによって勤務時間に大きく差が出ることもあって、給与も勤務スタイルも他のホテルスタッフたちと違うシステムが採用されている。

レオンの滞在は数日のこともあれば、一カ月近いこともある。今回は次作のシナハン、シナリオハンティングも兼ねているから長くなりそうだというのは初日に聞いたけれど、それがどのくらいなのかは現時点では本人にもわからない。

とりあえず、予定が立てられないなりの返事を樹里に送った。

『マスターのスケジュールを確認して、行けそうな日をまた連絡する』

了解、とスタンプが返ってきた。続いて『あんまり先だと生ハム食べきるからね！』という脅し。一本まるまる手許にあるのにそんなに早く食べ終わったら駄目だろう。

『塩分取りすぎ注意』

親切心で送ったら『アルコールで流すから大丈夫』と全然大丈夫じゃない返事がきた。

友人たちの健康のためにも早めに生ハム会を開いた方がよさそうだな、と思いながら簡単なランチを終え、身支度を整えた弥洋は仕事に戻った。


夕方、ホテルに帰ってきたレオンは弥洋にお土産を買ってきてくれていた。

じつのところ、まったく予想していなかったわけじゃない。レオンはいつも外出先から弥洋に手土産を持ち帰ってくれるのだ。

出先で自分のことを思い出して、わざわざお土産を買ってくれる気持ちがうれしくて、いつも弥洋は喜びを落ち着いたトーンで表すのに苦労している。

ちなみにお客様からの差し入れを受け取るのは推奨されていないけれど、禁止されてもいない。そもそもホテルスタッフへの差し入れ自体が少ないのだ。

しかもレオンは「いつも素晴らしいサービスをしてくれるお礼に」という言い方で渡してくれるから受け取りやすい。

「ありがとうございます。こちらは……？」

差し出された紙袋を両手で受け取りながら、どうしても顔がゆるんでしまう弥洋にレオンがやわらかく目を細める。

「美術館で見つけたコラボスイーツ。開けてみて」

促されて開けた袋の中には、蒔絵風の洒落た缶とシックな長方形の箱が入っていた。

缶入りのスイーツは琳派展のもので、尾形光琳や酒井抱一、鈴木其一など錚々たる琳派絵師たちの作品の一部が個包装のクッキーにプリントされている。長方形の箱の方は仏像展コラボで、親指サイズの仏像チョコが七個並んで「仏像セブン」などと名付けられているという、可愛いんだか恐れ多いんだかわからないチョコレートボックス。

どちらもかなり精巧で、楽しいうえに美味しいレプリカだ。

「食べるのがもったいないですね」

「勇気が出ないなら付き合うよ」

即座に返ってきた申し出に唇がほころぶ。

「レオン様はためらわずに召し上がりそうです」

「もちろん。素晴らしい作品を見た感動は僕の胸に残っているし、クッキーもチョコも食べるためにあるからね」

胸を張る彼に笑みが深まると、じっと見つめられて落ち着かなくなった。

お土産がうれしかったとはいえ顔に出すぎただろうか。普段表情を崩さないのに品物で喜んでいたら現金なやつと思われるかも。

急いで気持ちと表情を引き締め、プロの微笑みを意識して直接伝えたかったもうひとつのお礼を口にした。

「お昼の写真も、ありがとうございました。とても素敵でした」

「ハスミにも今日の僕の感動を分けたかったから、写真とお土産を喜んでもらえてうれしいよ。いつか一緒に行きたいね」

「……展覧会には会期がありますよ」

わかっていて誘いをはぐらかすと、「いまのはちょっとキレが悪かったね」という評価を受けてしまった。

こっちは甘い言葉にいちいちときめいてしまうのだから、こういうバトラー遊びはやめてほしい……といいつつ、マスターとバトラーの範囲ギリギリで遊べるこのやりとりを弥洋も楽しんでいる。

レオンがシャワーを浴びている間に今夜の衣装を用意した。

華やかな彼に似合うシルバーグレーの三つ揃いに白のドレスシャツ、色を合わせたシルクのネクタイとチーフ、ネクタイピン、カフス、つややかな黒の革靴に靴下。すべてが完璧に調和するようにコーディネートしてある。

シャワーから出てきたレオンの髪を乾かし、きらめく金髪の一部を編みこんでドレッシーに仕上げた。ラフなのもいいけれど、これもまた最高に壮麗で眼福ものだ。こっそり惚れ直してしまう。

最後に残った装飾品に目をやったレオンが顔をしかめた。

「ネクタイって何のためにあるんだろうねえ……。わざわざ息苦しくなるものを首にぶらさげる意味がわからないよ」


大抵のことはおおらかに受け入れるマスターが子どもみたいに文句を言うのが可愛くて、無意識に唇をほころばせながらも弥洋は真面目に答える。

「もとは軍隊からきているそうですよ。ルイ十四世に仕えるためにパリに来た、クロアチアの軽騎兵隊の将兵が首に巻いていたスカーフからきているのだとか。戦いに臨む心構えを表すのかもしれませんね」

「心構えか……。ハスミが締めてくれるなら、この窮屈な紐(ひも)を我慢してもいいよ」

「紐と呼ぶには幅がありますが、承知いたしました」

ネクタイを手に取り、腕を伸ばして背の高い彼の首にかける。

体の近さにひそかに緊張していることなどおくびにも出さず、弥洋は手際よくネクタイを結んだ。バトラーとして身だしなみに気を配っていることもあって、形よくネクタイを結ぶ手技も習得済みだ。

一歩下がって全体を確認し、出来栄(できば)えに納得して頷いた。

「できました」

「ありがとう。ついでにいってらっしゃいのキスもしてくれる？」

さらっと要求して顔を寄せようとするレオンに心臓が跳ねたものの、さりげなくもう一歩下がってバトラーの笑顔で返した。

「それはいたしかねます」

「うっかりしてはくれないか」

「当たり前です」

そんなうっかり、どうやったらできるというのか。思わず笑ってしまうと、レオンもにっこりする。

「ハスミはエレガントな美人だけど、笑うととっても可愛いよね。もっと笑ってくれればいいのに」

「……ありがとうございます。ですが、立場にふさわしい表情というものがありますので」

「ハスミと僕の仲なのに？」

「マスターとバトラーの仲ですね」

「それ以上じゃない？」

「それ以上は不適切です。レオン様のバトラーからはずされてしまいます」

思わず真剣な声音になってしまったせいか、レオンがブルーアイズを瞬いた。

「そうか……、それは困るな」

考えこむ表情になった彼は、指名したコンシェルジュがマイ・バトラーからはずされる可能性を考えたことがなかったのだろう。

実際、弥洋以外のマイ・バトラー担当者たちは有能なベテランばかりだからお客様とのトラブルなど起こしたことがない。ホスピタリティとあしらいのうまさが両立している、神がかったホテルマンばかりだ。

いつものバトラー遊びの流れだったのに、お客様であるレオンに気を遣わせてしまうような発言が口をついてしまったのは我ながら未熟だった。

反省していたら、思案げな表情のままレオンが聞いてきた。

「ハスミはいまの仕事が好きかい？」

「はい」

唐突さに目を瞬きながらも即答する。

努力して勝ち取ったポジションに誇りを持っているし、ホテル滞在期間限定とはいえレオンに仕えることができて幸せだ。もちろんレオン以外のマスターに仕えるときも心を尽くしているし、サービスを喜んでもらえるのがうれしい。予測して動いたあれこれがうまくハマると達成感がある。

大変なことも数多くあるけれど、やり甲斐のある仕事だし、持ち前の語学力やこまごましたことに気がつく質(たち)が活かせることも含めて自分に向いていると思う。

レオンがいっそう考えこむ表情になったところで、マネージャーが迎えに来た。

「お戻りは何時ごろになりそうですか」

「うーん、早く帰ってきたいけど、どうなるかわからないな。今日はもう終わっていいよ」

「かしこまりました。では、お気をつけて行ってらっしゃいませ」

「うん。今日もありがとう、ハスミ」

弥洋の終業時に毎回言ってくれるお礼を口にしたレオンが出かけてゆくのを完全に見えなくなるまで見送ってから、室内を整え、夜間担当のサブバトラーに引き継ぎをする。

サブバトラーは念のための意味合いが強く、マイ・バトラー候補になっているコンシェルジュが数名シフト制で入っている。希望があればすぐに駆けつけられるよう仮眠室でもあるバトラールームに控えているのだけれど、多くのマスターは呼ばない。

夜中に至急の案件はそうそう起きないというのもあるけれど、マスターたちはどうせなら自分が選んだバトラーに頼みたいというのだ。

共にすごす時間が多いからこそ、阿吽（あうん）の呼吸で対処してくれるマイ・バトラーへのマスター側の信頼は篤（あつ）い。

（レオン様も、今夜はもう呼ばないだろうな）

これまでの経験から想像がつく。だからこそ、弥洋はホテルに戻ってきた彼のためにリビングと寝室の枕元にミネラルウォーターのボトルを用意しておいた。

お客様の好みを知り、望みを察知し、喜ばれるようにベストを尽くす。

ホテルマンとしては当然の心がけだけれど、マスターとバトラーの間にはより密で、特別な絆が生まれていると思う。

それだけで十分だ。このままずっと、彼が日本を訪れるたびに真心をこめたサービスをしていきたい。


（……いつか、レオン様のご家族のお世話もするんだろうな）


レオンはまだ独身だけれど、ときどき主演女優たちと噂になっている。

本人は「映画の宣伝のために否定していないだけだよ」と言っているけれど、噂になる相手の印象が似ている時点で好みなのだろう。

涼しげに目尻の上がった、ブルネットのすらりとした美女たち。——こんなところにも日本びいきがほのかに感じられる。

金髪とブルネットだったら、優性遺伝に基づいてブルネットの子どもになる可能性が高い。

陽の光を集めたようなレオンのブロンドとマリンブルーの瞳の色を受け継いだ赤ちゃんなら、きっと天使のように可愛いのに。レオンに似ている赤ちゃんなら、きっとそれだけで愛してしまうに決まっているのに。


（って、お客様のご家族に変な思い入れをもつのは不適切だから……！）

自分にツッコミを入れて、これからも精いっぱい仕えよう、と決意も新たに家路につく。

自分がバトラーとして不適切な真似をする日がくるなんて、このときの弥洋は露ほども思っていなかった。

【2】

レオンが滞在してちょうど一週間。マスターの服を丁寧にクロゼットに片付けながら、弥洋はそっと嘆息する。

今回も何も問題なく、ホテルのサービスに満足してもらえているように見える。でも。

（レオン様、少し他人行儀になられたような……？）

そうはいっても毎朝の「キスしてくれたら起きる」だの、ちょくちょく思わせぶりなことを言ってからかってくるだのは変わっていない。

ただ、なんとなく前ほど勢いがないというか、遠慮を感じるというか、頻度が減ったような気がするというか……。

はっとしてかぶりを振った。

これじゃまるで、もっとガツガツ迫ってほしいみたいだ。冗談でも応えることなどできないし、心臓に負担がかかるバトラー遊びが少しでも減ったのなら喜ぶべきなのに。

気のせいかもしれないし、これ以上マスターの心を勝手に想像するのはよくない。

そもそも、憧れのひとの滞在中に専属で仕えることができるようになっただけでも十分に幸せなはずなのに。

（そういえばレオン様、俺がマイ・バトラーになったお祝いにサービス利用してくれるようになったんだよな）

フロント研修中の弥洋を助けてくれたあと、フランス語ができるスタッフだからかレオンはよく話しかけてくれるようになった。

常連のレオンはマイ・バトラーのサービスを知ってはいたけれど、一度も使っていなかった。あるとき弥洋が軽い気持ちで「ご興味ないですか」と聞いてみたところ、「ハスミを指名できるようになったらお祝いも兼ねて利用させてもらうよ」と返されたのだ。

もともと弥洋はコンシェルジュを目指していて、マイ・バトラーはその精鋭が担当する部門だ。リップサービスだったにしろレオンの言葉に弥洋は発奮した。

見事マイ・バトラーのメンバーに抜擢されたら、レオンは本当にそれまで使ってなかったサービスを利用してくれるようになった。初めてのマスターになってくれたのも彼だ。

最初に情けないところを見せてしまったから、兄のような気分で成長を見守ってくれているのかもしれない。

「応援してもらっているのに、甘ったれたこと言ってる場合じゃないよな」

軽く頬をたたいて気合を入れ直す。

ふと外を見ると空はどんよりと重く曇り、雨が降りだしていた。外出中のマスターがどうしているか、急にひどく気になった。

（今日はインタビューデーって言ってたけど……）

取材を受けるのは宣伝効果が大きいものの、そこにリソースを割くことで作品作りがおろそかになっては本末転倒になる。もともとマスコミが好きじゃないレオンは取材を受ける日を決めて、相手も厳選している。

過去に取材を受けて信頼できると判断した出版社やライターを優先し、初めての相手には現在取材を受けているプレスからの紹介が必須。さらに事前に質問内容をまとめて送ってもらう。紹介者とマネージャーのチェックをクリアしたプレスのみが順番にインタビューデーのスケジュールに組み込まれる。

次作は一年前に公開して大ヒットを記録したファンタジーアドベンチャー作品の続編で、日本をイメージした近未来都市が舞台になると予告されている。おかげで日本では特に期待が高まっていて、一見さんお断りの書類審査システムにもかかわらず取材依頼が引きも切らないとブルーノが言っていた。

（連続してインタビューを受けるのは大変だろうし、きっとお疲れだろうな）

見ている間にも雨脚は強まり、景色がけぶるほどの土砂降りになっていた。もはや日本の夏の風物詩ともなったゲリラ豪雨だ。

疲れているレオンが雨で足止めされていたらと思うと傘を届けたい気持ちになるけれど、弥洋の職場はこのホテルの中だけだ。マイ・バトラーは外には出られない。

（ブルーノ様にお願いして……いや、こんな雨の中行ってほしいなんて言えるわけがない）

マネージャーという肩書きではあるものの、仕事内容からブルーノとレオンは基本的に別行動だ。いまも階下で仕事に勤しんでいるブルーノの邪魔はできない。

それに、この土砂降りではコンビニで傘を買ったとしても濡れるだろう。空調がきいているホテルで風邪をひかないように準備しておく方が実際的だ。

時刻を確認して、弥洋はバスタブに湯を溜めておくことにした。

エグゼクティブ・スイートのバスルームはシンプルながらも高級感あふれる端正なデザインで、独立したシャワーブースの奥にジャグジー付きの大きなバスタブがある。片側の壁には体形に気を配る海外アーティストたちの要望で曇り止めを施された大きな鏡がはめ込まれていて、広い空間をさらに広く見せている。

バスタブに湯をはり、アメニティがずらりと並ぶ棚からレオンお気に入りのバスオイルを選んで混ぜた。予定どおりなら、湯気と共にふわりとたちのぼる香りがやさしく馴染んだころにマスターは帰ってくる。

リビングに戻ってお茶を淹れる準備をしていたら、フロントから内線がきた。

「いま、ヴァレンバーグ様がお戻りになったのですが、ずぶ濡れで……ご様子も普段と違うように見受けられるのですが……」

いつも歯切れのいいフロントスタッフの声に戸惑いと心配が滲んでいて、胸騒ぎを覚える。

「わかりました。ご連絡ありがとうございます」

通話を終えた弥洋はすぐに動いた。タオルを用意してドア脇でマスターの到着を待つ。

しばらくして、外から解錠されたドアがゆっくりと開いた。

現れたマスターはフロントの予告どおりにずぶ濡れで、表情も雰囲気も普段と違った。

濡れて色が濃くなった金髪や色のない唇、あご、服の裾などから雫をぽたぽたと滴らせながらも、拭おうとしない。ブルーアイズは暗く沈み、心ここにあらずといった風情だ。悲しみ、怒り、絶望、疲労、諦念……そのどれにも当てはまりそうで、違うような、複雑に乱れた失意の気配を纏っている。

こんな彼は初めて見る。インタビューのときに何かあったのだろうが、話を聞くのはひとまず後回しだ。

戸惑いを一瞬で押さえこみ、弥洋は努めて穏やかな声をかけた。

「おかえりなさいませ、レオン様。急な雨で大変でしたね」

タオルをそっと差し出すと、レオンがまばたきした。

「……雨？　……ああ、本当だ」

初めて自分がずぶ濡れになっていることに気づいたような口調で呟く。まだぼんやりした

様子が抜けない彼はタオルを受け取ろうとしないけれど、夏場とはいえ濡れた状態で空調のきいた部屋にいると一気に体が冷える。

「拭かせていただいてもよろしいですか」

頷いたレオンに「失礼します」とタオルを頭からかぶせ、丁寧に水気を拭きとる。されるがままのマスターをバスルームへとさりげなく誘導した。

「お風呂のご用意ができております。温まってきてください」

頷いたものの、レオンは動こうとしない。少しためらってから弥洋は彼が斜め掛けにしているサコッシュを勝手に取り、水気を吸って脱ぎにくくなっている服を脱ぐのを手伝おうとする。その手に促されたようにようやくレオンが自分で脱ぎ始めた。

明かりをやわらかなものに変えてから、弥洋は濡れた衣類を持ってバスルームを出る。

さいわいスマホは防水で、財布とハンディカメラはバッグに入っていたおかげでほとんど濡れていない。衣類とバッグに注意事項のメモを付けてランドリーサービスに出し、スマホとカメラに不調がないかを確認してから所定の場所に片付けた。

あの様子だと食欲はなさそうだけれど、何か温かいものを食べた方がいい。空腹と寒さは気持ちを落ち込ませる大きな要因になる。

シェフに連絡を入れ、相談のうえで洋風雑炊と桃のコンポートをオーダーした。二十分ほどで届けてもらえるとのことで、時計を確認してからマスターの様子を見にバスルームに戻る。

香りのいい湯に浸かったレオンはバスタブの端に頭を預けて目を閉じていて、だいぶ顔色がよくなっていた。ほっと息をついたら、かすかな呼気を感じたように彼が目を開けた。

「……お邪魔してすみません」

小声で謝ると、「いや」とかすかに笑う。でも、無理しているのが明らかな儚い笑みだ。

「ご気分はいかがですか」

「だいぶよくなった。もう上がるから、ウイスキー入りの紅茶を用意しておいてくれる？」

「かしこまりました」

リビングで希望の品を用意していたら、湯上がりのレオンがやってきた。

雑にかき上げただけの濡れ髪、水気が残る肌にゆるくバスローブを羽織っただけの彼は愁い顔も含めて凄まじいばかりの色気だけれど、ドキドキしている場合じゃないと内心で自分を叱咤して弥洋はレオンをソファへと促す。

ウイスキー入り紅茶のカップを渡して、新しいタオルとドライヤーを用意した。

マスターがゆっくりとお茶を飲んでいる間に金色の髪を丁寧に手入れする。ドライヤーをオフにした弥洋は、思いきって口を開いた。

「何があったかお聞きしてもよろしいですか」

「……楽しい話じゃないよ？」

「はい」

それでも聞きたいです、という気持ちをこめて頷くと、ひとつ息をついたレオンがぽつりぽつりと話し始めた。

今日のインタビュー相手は五件、そのうち最後の一件が初めてのプレスだった。

取材用のレンタルルームに入ってすぐ、レオンは違和感に気づいた。

「彼らはフォトグラファーじゃなくて、カメラマンを連れていたんだ」

「……あなたがメディア露出を制限しているのを知っていて、ですか？」

「ああ。僕がテレビに出ないからこそ、どんな動画だろうと価値があるんだと面と向かって言われたよ」

両親が芸能関係者であり、天才子役として母国のドラマや映画に多数出演した過去をもち、俳優以上に華やかに整ったビジュアルをしているレオンはプライベートにまで関心をもたれがちだ。

作品の良(よ)し悪(あ)しを無視して「顔で売れてる」「親の七光り」「勘違いした元子役のお遊び」などと囃(はや)したてる輩(やから)がいるため、レオンはできるだけ顔出しをしない方針をとっている。雑誌などの取材時は「監督の写真は一枚のみ」「映画より大きく扱わないこと」という条件を付けていて、テレビの取材は最初から受けていない。

いっそのこと割り切って自分のビジュアルを売りにしてしまうほどの商売っ気(け)でもあれば

よかったのかもしれないが、映画を愛しているがゆえにそこまで商売人になれないのがレオンの難儀なところであり、映画ファンに評価されている部分でもある。

皮肉なことに、表に出ている写真や情報が少ないことが逆にヴァレンバーグ監督の画像や動画の価値をつり上げた。

今回の無礼なプレスの行動はその結果だ。

カメラが回っていることに気づいたレオンはすぐに撮影の中止を頼んだものの、記者たちは「テレビじゃなくてネット配信ですから」とへらへら笑って聞き入れず、強引に撮影を続行した。そのうえ、ネット上での悪意ある批判――作品をちゃんと理解していたら決して出てこないような矛盾した内容のもの――を真に受けた無礼な質問やプライベートに関する下品な質問ばかりを投げかけてきたのだ。

怒るのは簡単だけれど、彼らが撮りたがっている画が「激高して暴言を吐くヴァレンバーグ監督」だと気づいたからこそレオンは我慢した。

穏やかに、丁寧に、誤解を正しつつウィットをきかせた返事で切り返すように心掛けた。

しかしそれも無駄に終わる。

フランス語の通訳者がまともに機能してくれなかったからだ。

通訳者はわざととしか思えない曲解した訳で彼らが思う展開に誘導して会話を作りあげ、レオンを皮肉ばかり言う、偏見に満ちた性格の悪い男に仕立て上げた。

なまじ日本びいきでカタコトながらも日本語を話し、ヒアリングだけならなんとなくわかるせいで、正しく訳されていないのをレオンは察してしまった。そうでなくても記者との会話が噛(か)み合っていない時点でおかしかった。

こちらの意向を無視して強引に押し通すやり方からして、この動画は流出させないように求めても間違いなくネット配信される。下手(へた)したらリアルタイムで流されているかもしれない。

その場合、フランス語よりは英語の方が被害を最小限に抑えられる。一人でも多くの人に理解できる言語を使った方が通訳された内容との齟齬(そご)に気づいてもらえるはずだから。

そう思ったレオンはインタビューの途中で英語に切り替えた。そのことも「残念ながら通訳者の能力が低いと思われてしまったようです」と悪意をもって揶揄(やゆ)されて、話せば話すほど疲弊(ひへい)した。

途中で席を立つことも考えたけれど、それこそ攻撃材料を与えることになる。ここは英語ができる人に見てもらえばちゃんと宣伝になる内容で答えて、逆に利用するくらいの気持ちでいた方がいい。

懸命に自分に言い聞かせ、不快なインタビューをレオンはなんとか耐えきった。

タイムアップになって心底ほっとしたのだけれど、出て行こうとした矢先、彼らが不機嫌に呟くのを聞いてしまう。

「……あれだけ紹介料払わされて、この撮れ高かよ」

日本語を聞き取れるとは思っていないからこその無防備な発言だったのだろう。しかし、レオンははっきりと理解してしまった。

紹介料を払えば、作品にもレオンにもまったく敬意を払わない、素性（すじょう）の怪しい彼らのような記者を自分の許に送り込んでくる知人がいる。レオンがマスコミを好きじゃないと知っていて、こんな利用の仕方をする。——それはまさに、金銭で交換できる「物」同然の扱い。

疲れ果てていた心身にその衝撃は重く響いた。

誰とも話したくない気分だったけれど、レオンは気力を奮（ふる）い起こしてマネージャーに連絡を入れた。最悪のインタビュアーがどういう経路でスケジュールに組み込まれたか、いまのインタビューがどこで使われるか知るためだ。

ブルーノは「すぐ確認するよ」と調べたものの、紹介は基本的に口頭だ。記録が残っていないうえ、プレス側が挙げた名前の人物は実在していないのがわかっただけだった。

さらに、さっきの記者たちはゴシップを得意とするネットマガジンを出している会社に所属していて、レオンのインタビューもすでにネットで流されて話題になっていた。

レオンは彼らが望むような態度は一切見せなかったものの、おそれていたとおりに配信動画には誤解を招くような煽（あお）りや訳のテロップを入れられていた。

フランス語がわかる人たちやファンが訂正や擁護（ようご）をしてくれても、「正確な情報」より「話題性が高い」方が食いつきがいい。普段メディア露出しないからこそ元動画はあっという間に何十万もの再生数を稼いだ。

自分が嫌な思いをするだけならまだいい。しかしレオンは脚本家兼監督として、新作の取材を受けたのだ。

映画はあらゆるプロの技術と労力、膨大な関係者の協力を結集して作られる。まさに心血を注いでみんなでひとつの作品を生み出し、世に送り出すものだ。

それが、まだ撮影すら始まっていないのに「作られた悪いイメージ」で泥をかけられた。

一度拡散された動画は完全には回収できないし、見た人が抱いた悪いイメージもそう簡単には払拭（ふっしょく）されない。詳細は憶えていなくても「なんとなく嫌だ」の感覚は案外残るものだし、そういうものによって未来の興行を邪魔されるという理不尽に対する特効薬はない。

「いい作品なら人気が出る」などというのは楽観がすぎる。まずは試してみたくなるくらい興味をもってもらわないことには、スタートラインにすら立てないのだ。その怒りも悲しみも苦しみも悔しさも、作品を送り出す側にしか心底理解できないものだろう。

いま打てる唯一の、最善の手としてレオンはベルギーの顧問弁護士に連絡を入れた。即座に動いてくれたおかげで例の動画はひとまず削除されたけれど、その後の対応については協議中だ。

起きたことは取り返せないなりに、何か次善策はないか、二度と同じことが起きないようにするにはどうしたらいいか、疲れきった頭で考えようとしているのに、悲憤と諦観がひたひたとレオンの胸を満たした。

　降りだした雨を感じることなく、気づけばここに帰ってきていたという。

「こういう業界にいるとあることないこと言われるし、作品を見てもいないのにイメージだけで全否定されることも珍しくない。こっちを人間だとも思っていないような悪意ある態度にもだいぶ慣れたと思っていたけど、目の前の相手に、やり返せない状態で延々と言葉で殴られるのも、信じていた相手の裏切りを知るのも、やっぱりこたえるね」

　力なく笑うレオンに弥洋の胸がぎゅっとなる。

　抱きしめて、友達や家族のように背中を撫でてあげることができたらいいのに。バトラーにふさわしいフレーズなど気にせず、心のままに彼のために怒り、慰め、元気づけることができたらいいのに。

　伸ばしてしまいそうな手をきつく握ったら、沈んだ空気をやぶってルームサービスが届いたのを知らせるチャイムが鳴った。急いで受け取りに行き、ワゴンをリビングに運ぶ。

　一人用の土鍋でくつくつ煮えているマッシュルームとチキンの洋風雑炊（ぞうすい）、卵、蓋つきの陶器の器（うつわ）に入った温かい桃のコンポート、別添えのバニラアイスクリームを弥洋はレオンの前に並べる。

　いつもならブルーアイズを輝かせるところだけれど、今日の反応はにぶかった。

「あんまりおなかすいてないんだよね……」

「お気持ちが沈んでいるときは、温かくて栄養のあるものを食べることで回復しやすくなるそうです。少しでいいので召し上がってください」

「……ハスミが食べさせてくれるなら」

断られると思っているのが丸わかりの、食欲がないがゆえに出された条件だ。眼鏡の奥で目を瞬いて、弥洋は頷いた。

「かしこまりました。お任せください」

「え、本当に……?」

「今夜だけの特別サービスです」

自分で条件を出しておきながら驚いている彼に少し笑って卵を手に取る。ふつふつしている土鍋に割り入れ、黄身をつぶしながら全体に混ぜ込んでとろりと固まってきたところを小鉢によそった。

熱々の雑炊に軽く息を吹きかけてからレオンの口許へと運ぶと、ふっとブルーアイズがやわらいだ。

「悲しいことがあったらハスミに甘えるのが癖になりそうだ」

「二度とレオン様に悲しいことがないように祈っています」

「その返事は意味深だね。ハスミのやさしさか、釘(くぎ)を刺されたのか」

「解釈はお任せします」

「じゃあいい方にとるよ」

いつもの声の調子が戻ってきたことにほっとする。

食べ始めたら食欲も湧いてきたようで、形のいい口を素直に開けて食べる彼は年上なのになんだか可愛い。アイスクリームを添えた桃のコンポートまで綺麗に平らげる。

食後にハーブティーを淹れ、レオンがそれを飲んでいる間にベッドルームを整えた。

ホテル特製のラベンダーベースのアロマオイルを加湿器に仕込み、安眠用のBGMを静かな音量で流す。枕を軽くたたいてふかふかにし、ベッドサイドテーブルには水とグラスを用意した。明かりは間接照明のみに切り替える。

嫌なことを忘れ、気分よく眠ってくれるようにと心を尽くしてから振り返ったら、ドア枠にもたれるようにしてレオンが立っていて心臓が跳ねた。

「レオン様……？　何か御用でしたか」

「うん」

体を起こした彼がゆっくりと歩み寄ってくる。寝室よりリビングが明るいせいで、その表情はよく見えない。

近づくにつれて、暗く沈んでいる眼差し（まなざし）に鼓動が落ち着かなくなった。

すぐ近くに立ったレオンが、じっと弥洋を見つめて低く呟く。

「……今夜は一人になりたくない。ハスミ、そばにいてくれないか」

すがるような目、弱々しい声に心臓が止まる。

数拍おいて、心臓と共に活動を再開した脳みそから弥洋はなんとか返事を絞り出した。

「……マイ・バトラーの規定では、一日最大十八時間まではマスターにつかせていただくことができますが、その際は翌日にお休みをいただくことになっております」

苦し紛（まぎ）れに引っぱり出したのは、マイ・バトラーのサービス規定だ。レオンが目を瞬き、ふ、と淡く苦笑した。

「明日ハスミに会えないのは残念だな……。最大十八時間しかいてくれないのなら、午前二時前には帰ってしまうんだろう？」

「はい」

「今夜だけの特別サービスは、もう期待できない？」

かすかな甘えを滲ませた、ねだる声に胸がざわめく。切望の眼差しにくらりとめまいを覚えたものの、ぎりぎりで踏みとどまった。

冗談めかせるためにわざと明るめの声で切り返す。

「寝つくまで手をつないでいてほしいんですか」

「いや、眠ったあともつないでいてほしい。可能ならきみを抱きしめて眠りたい」

「……っ」

「今夜は人肌が恋しい気分なんだ」

真顔で、冗談にすることを拒まれた。いつもは思わせぶりなことを言いながらも弥洋が本気で困らない程度だったのに、いまは違う。

固まっていると、レオンが重ねて言った。

「一晩、ただ抱きしめさせてくれるだけでいい。……駄目だろうか」

好きなひとが弱っていて、一人でいたくないばかりに抱き枕になることを求められている。自分でよければ一緒にいてあげたい。

でもそれは、危険きわまりない公私混同だ。

もしバレたら間違いなくレオンの担当をはずされる。そしてバレる可能性が高い。このまま彼に付き添っていたら退勤の記録がつかないからだ。

かといって退勤記録をつけてから戻ってきてもアウト、プライベートでお客様に会う事案になる。そっちがバレても担当替えだ。

レオンはマイ・バトラーサービスの利用を禁止されるし、弥洋はお客様と直接顔を合わせる機会のない部門への異動になる。レオンに会えなくなる。

でも、つらい目に遭った彼を一人で放置したくない。

だけど万が一のことがあったら。

葛藤の末、かろうじてプロとしての理性が勝った。申し訳なさと切なさで苦しい胸から、なんとかバトラーとしての返事を絞り出す。

「適切とは思えません……」

ふ、と息をついたレオンが目を伏せた。

「……無理を言ってすまなかった」

いつも活力に満ちているマスターの憔悴(しょうすい)した様子に胸が痛み、前言撤回したくなる。けれども、きつくこぶしを握って耐えた。

（いずれにしろ、お客様のご希望を叶(かな)えるのが俺の仕事だから……）

公私混同をしないなら、これは言わなくてはならない。

息を吸いこみ、嫌がる口をなんとか開いて声を出した。

「私は朝までご一緒することはできませんが、ご希望に叶う方を手配させていただくことはできます」

レオンが目を瞬く。じっと弥洋を見つめた彼が、諦念したように呟いた。

「ハスミに任せるよ。きみはいつも間違えないから」

「かしこまりました。では、改めて確認させてください。お求めは抱きしめるだけのサービス、男女不問ということでよろしいですね」

「ああ」

「それでは然(しか)るべき方をお呼びしますので、しばらくお待ちくださいませ」

懸命に心を無にして告げると、弥洋から目をそらしたレオンが疲れたように告げた。

「……ありがとう。今日はもう終わっていいよ」

口調はやさしくても「一人にしてくれ」と言われたも同然で、しくりと胸が痛む。けれどもそれは勝手な感傷だ。

深く一礼してから弥洋はスイートルームを辞去した。バトラールームに向かいながら痛む胸を無視してスマホで抱き枕サービスについて調べる。

すぐに抱き枕にぴったりの、添い寝フレンド――通称ソフレというサービスがあるのを発見した。いかがわしいようでいかがわしくない、本当に添い寝だけしてくれるサービスだ。

見つかって喜ぶべきなのに、全然うれしくなかった。でも、この中から選ばなければ。

身元が確かで、守秘義務を絶対に守ってくれる人がいい。

あまり顔出しをしなくなったとはいえ、レオンほどのゴージャス美形はどうしても印象に残る。ただの添い寝でも「ヴァレンバーグ監督に呼ばれた」と漏れたらマスコミがあることないこと書き立てる可能性がある。マスコミに傷ついて必要としたサービスで、さらなる打撃を受けることなどあってはならない。

口コミを調べようとしていた弥洋は、はたと思い出した。

(前に、樹里のとこの雑誌で取材してたよな……?)

山本夫妻と飲んでいるときに「ソフレっていうのが最近流行(はや)ってるんだって」と彼女が話

題にし、記事を見せてもらった覚えがある。

　ずいぶん前のことだし、紹介された人たちがいまもやっているかはわからない。でも、有象無象の中から選ぶよりは信頼できる友人の伝手を頼った方がきっといい。

　さっそく樹里に『ソフレについて聞きたいんだけど』とメッセージを送ったら、すぐに返事がきた。

『なになに？　どうしたの』

『仕事関係で至急情報が欲しい』

　正直に伝えたら、樹里はスマホ入力が面倒になったのか電話をかけてきた。レオンの名前は明かさずに手短に説明する。

　樹里の返事は頼もしくも予想外のものだった。

「オッケー、万事理解した！　準備しとくからうちにおいで！」

「いや、情報だけ欲しいんだって。俺は一刻も早くマスターの希望に合うソフレを手配しないといけなくて……」

「とにかく来い！　話はそれからだ」

　どこのハードボイルドヒーローか、とツッコミを入れる間もなく通話を終了される。

　やむなく弥洋は退勤して大急ぎで着替え、タクシーを拾って山本夫妻が住むマンションを目指した。

ドアを開けるなり、「よく来たね！　こっちこっち」と弥洋を引っぱりこんだ樹里がぐいぐいリビングへと押しやる。

いますぐにでもソフレの紹介をしてもらいたいのに、と焦っている弥洋を迎えたのは、「ひさしぶり～。待ってたよ」というのんびりした優太の声と笑顔。

目鼻立ちがはっきりした派手な美人の樹里とは対照的に、優太はいつも柔和に笑っているような細いたれ目のやさしい顔をしている。着ているものもシンプルなニットやTシャツなど地味なものが多いのだけれど、今日の彼の手許には彼らしくない服があった。

一言でいうと、洒落ている。

「はい、これ」

「なに？　なんで俺に？」

お洒落な服一式を押しつけられた弥洋が困惑していると、んっふっふ、と樹里と優太が小悪党のような笑みを見せた。

「弥洋の話を聞いて、わたし、ピーンときたんだよね」

「だから何に」

「弥洋くん、きみは今回のマスターに惚れているだろう！」

謎解きをする探偵さながらにビシッと指をさして断言されて、一瞬息を呑む。けれどもすぐに平静を装った。

「……なに言ってんの。お客様はそういう対象じゃないよ」

「それは本心？　本当にそのマスターが見知らぬ誰かを今夜腕に抱いて眠っても平気？」

痛いところを突かれた。

(平気なわけない)

だって好きなひとだ。ずっと憧れていて、直接会えた日から恋に変わって、彼とすごす時間が増えるほどに抑えようと思っても好きな気持ちが増えてしまっている。

そんなひとが、誰かを腕に抱いて眠っている姿なんて見たくない。でも、きっと弥洋は明日の朝に目撃する。彼を起こすのも自分の仕事だから。

どんなに胸がもやもやしようと、ソフレに選ばれる相手がうらやましかろうと、そんな気持ちはすべて意思の力でねじ伏せて、プロのホテルスタッフとして彼のバトラーに徹しなくてはいけない。

黙りこんだ弥洋の肩に、ぽんと綺麗にネイルを施した樹里の手がのった。

「てことでね、わたしから紹介したいソフレはきみだ」

「は」

「弥洋がなればいいじゃん、抱き枕。変装してさ」

にっこりしてとんでもないことを言う。でも、彼女は編集者であってホテルマンじゃないのだ。発想と職業倫理の違いは仕方がない。

ため息をついてかぶりを振った。

「無理だよ。ホテルマンとしてそういうのはタブー。素人が変装したところできっとバレるし、バレたら部署替え、下手したらクビになる」

「素人がしたら、でしょ」

「うん？」

「俺に任せて」

にっこり、名乗りをあげたのは優太だった。

そういえば優太は映画のコスプレでネットの世界ではちょっと名の知れたコスプレイヤーだって言ってたな……と思い出した弥洋に、どのくらいのクオリティで変身できるか彼がとうとう「過去作品」を見せてくれる。

「うそ、これ優太……⁉」

「そう、俺～」

のんきに笑っている友人のほのぼのあっさり顔が、ワイルドな海賊を演じるハリウッドスターや魔法学校に通う少年、インドの偉大な王にさえなるなんて、もはや魔法、美容整形業界も真っ青だ。

「優太はもともと手先が器用だし、絵がうまいからね～」

「いろいろ作るの楽しいし、顔はキャンバスとして挑戦し甲斐があるよね」

「よっ、天才！　さすがわたしの選んだ男」

「も～樹里ちゃん、弥洋の前でやめてよ～」

まだ驚愕から立ち直れていないのに横でいちゃいちゃしないでほしい。

とはいえ、このレベルで変装できるのなら「別人になりすましてレオンのソフレとして派遣される」という無茶な冒険に挑んでみるのも可能かもしれないと胸に希望の火が灯った。

一晩だけ。今夜、一晩だけ、落ち込んでいるレオンが眠るための助けとなり、好きなひとの抱き枕になるというひそかな幸せをもらうために嘘の自分を作りあげるのだ。

乗り気になってきた弥洋は手の中の服を眺める。絶対に自分では買わないような色、形、センスのいい組み合わせ。品質もよさそうだ。

「ところでこれ、誰の服……？　優太のじゃないよね」

「近所に住む元読モの男の子の。今度の企画用に借りてたんだけど、お洒落感といい弥洋っぽくないところといい、ちょうどいいなって思って。あ、さっき連絡して流用許可もらっといたから」

「弥洋にはちょっと大きいかもしれないけど、そこは俺がなんとかするし」

ぽんぽんと自らの腕を叩く優太はやる気満々だ。弥洋に話をする前から持ち主の許可を得ていた樹里も仕事ができすぎる。

「そうそう、着る前にシャワー浴びてきてね」

「ああ……、借りるのに一日働いたあとの体だと申し訳ないよね」

納得した弥洋に山本夫妻がわかってないなとかぶりを振る。

「それより髪型。仕事モードの弥洋、めっちゃホテルスタッフじゃん」

「そりゃホテルスタッフだし」

「その頭だと一発でバレるよ。髪の印象ってすごく大きいから、もっとルーズで遊んでる感じに全面的に変えたいんだよね。整髪料ちゃんと落としてきてね」

「わ、わかった」

シャワーを借りて、指示されたとおりにしっかり髪を洗った。体も洗って、優太が提供してくれた新品の下着と靴下、借りたお洒落服の順に身に着ける。

「おおおっ、すでに別人だね！」

リビングに戻ってきた弥洋を迎えて樹里が歓声をあげる。優太も感心顔だ。

「弥洋、仕事のときはちょっと変装してるようなものだもんね。素に戻るだけでもかなり印象違うよね」

もともと弥洋の髪はくせが強くて、洗いざらしにしておくとかなり好き放題に暴れて手に負えなくなる。樹里には「これが天然だなんて最高じゃない」なんて褒められるけれど、ホテルスタッフとしてだらしなく見える髪型はアウトだ。

だから面倒ではあるもののきちんと手入れして、朝はアイロンでまっすぐに伸ばしてから撫でつけている。短いとぴょこぴょこ跳ねてしまうから、トップは長めに、サイドは短めにカットしてもらっている――ゆるめのツーブロックだ。必要と適性に応じた髪型なのだけれど、撫でつけていないと遊び人風に見えてしまうのが難点だ。

　でも今夜はそれがちょうどよかった。

　ドライヤーで乾かしたあと、優太がブルーのエクステを足してよりお洒落な遊び人っぽさを演出しつつ髪をセットしてくれる。

「これだけ違ったらメイクはちょっとシャドウ入れるだけで十分だね。でも眼鏡ははずそう」

「カラコンの出番だね！　たしか度数は優太と同じだったよね」

　カラーコンタクトが色別に整理された箱を樹里がいそいそと持ってくる。

　コンタクトは苦手だけれど、自分のために手を貸してもらっていて文句など言えるはずもない。本来なら目を守るためにもコンタクトレンズは眼科で処方してもらうべきだけれど、その点についても今回は目をつぶった。

　二人が「ナチュラルかつ印象が変わる」「髪の色とも合う」とグレーのカラコンを選んでくれ、緊張しながらも思いきって装着する。ソフトレンズだったおかげか恐れていたほどの違和感もなく、すぐに馴染んでほっとした。

　顔を上げた弥洋に山本夫妻が盛り上がる。

「おお、弥洋めっちゃいい！　すごい華やかで色っぽくなった！　今度うちの雑誌に出てみない？」

「遠慮します」

「とりあえず鏡見てみなよ」

全身が映る姿見の前に押し出された弥洋は、大きく目を見開いた。

――華やかでお洒落な、国籍不明の印象的な美形。

まさか自分にそんな図々(ずうずう)しい形容をする日がくるなんて思ったこともなかったけれど、鏡の中の人物はまさにそれだった。思わず「これが俺……!?」と呟いてしまいそうになったくらいだ。

「元がいいとやっぱいじり甲斐あるよね」

「髪と眼鏡と服を変えただけでこれだもんね～。これが弥洋だってホテル関係者は絶対気づかないって！」

太鼓判を押されたけれど、自分でもそう思う。地味な眼鏡のホテルスタッフが一気に遊び慣れた派手なモデル系に化けたのだ。優太の腕と樹里のセンスに感謝するしかない。

「あとは名前だね。何にする？　本名じゃまずいだろうし」

ノートパソコンを開いた優太に問われるけれど、急に偽名と言われても出てこない。

「なんか適当につけて」

「じゃあ『睡蓮(すいれん)』は？」

ない。

「おお、源氏名っぽい！」

樹里が手を拍って喜ぶけれど、いかにもすぎる。花の名前なんて照れずに名乗れる自信が

「なんでそれ……？」

「一応弥洋の名前から考えたよ」

「どこが？」

「ハスミって音にはハスが入ってるでしょ。でもって、弥洋の洋の字は水を表すサンズイに羊。水と羊、ときたらヒツジ草かなって。あ、ちなみにヒツジ草は睡蓮の一種ね」

「シツジのヒツジ草ってウケる」

「ウケなくていいから」

うぷぷと笑う樹里にツッコミを入れながらも、優太が挙げてくれた理由とあわせて名乗りのハードルが下がった。

羽住という字面から蓮の花は連想されないし、音で気づくにしろ日本語の読みと漢字の知識が必要になる。ヒツジ草に至っては漢字の組成に花の知識が重なってこそだ。ついでにいえばシツジとヒツジのダジャレ付き。本名と仕事由来でありながらもバレそうにない、というのがよかった。

どうせ今夜一晩だけだし、と「睡蓮」を受け入れると、優太が軽やかにタイプして嘘の名

刺を作ってくれた。

デザインはごくシンプルで、中央に配置された「睡蓮」の文字にローマ字で読み方が添えられ、裏に睡蓮の花のイラストと弥洋のプライベート用スマホの電話番号が印字されている。電話番号は入れるか迷ったのだけれど、ないと不自然ということで入れた。レオンはホテルに恋人もソフレもその他どんな相手も夜に呼んだことがないから、どうせ使われないだろう。

優太が独特な風合いの、一見して上等だとわかる和紙を使ってくれたこともあって、即席感を感じさせない「それっぽい」名刺が完成した。

頼れる友人たちに「幸運を祈る！」と送り出された弥洋は、二人に感謝しながらタクシーでホテルへと急いだ。超特急で変身させてもらったとはいえすでに四十分経過、待たせすぎだ。

（もう眠ってたりして）

もしそうならチャイムで起こすのは申し訳ないけれど、訪ねないわけにもいかない。

一度チャイムを押して反応がなかったら「サービス提供に来た証拠」に名刺を置いて帰ろう。うん、そうしよう。名刺を作ってもらっていてよかった。

もはやレオンが眠っている前提で考えている自覚もなく、タクシーから降りた弥洋は緊張の面持ちで職場――『ホテル　サガミ』に足を踏み入れる。

ここで同僚に気づかれた場合は、即座に回れ右をして樹里に連絡を入れることになっている。「本物の」ソフレを派遣してもらうためだ。

おどおどしていたらホテルスタッフの警戒対象になるのはわかっているから、堂々とした態度を心がけてロビーを横切った。

（……すごい見られてるけど、気づかれてはいないっぽいな。女性スタッフにちらちら窺われてる感じだけど……）

どうしてだろう、と視線の意味を考えていた弥洋は、エレベーターに乗り込んでから気づく。

あの視線は、芸能人が現れたときの反応と同じだ。抑えていても漏れ出す好奇心と、ほのかな秋波。

（なるほど、優太の腕がよすぎたせいか）

普段の弥洋にあんな視線を向けるホテルスタッフはいない。思いがけない反応だったけれど、少なからずほっとした。同僚に気づかれないのならレオンにもバレないだろう。

馴染み深いエグゼクティブ・スイートの扉の前に到着した弥洋は、深呼吸して背筋を伸ばした。

緊張で震えそうな指でチャイムを押す。……反応がない。

（やっぱり寝ちゃってたか）

ほっとしたような、肩透かしをくったような、複雑な気分になりながらも「来た証拠」を残すために名刺を取り出す。それをドアの隙間に挟もうとしたら、ノブが動いてゆっくりと扉が開いた。

見事な裸体にガウンを羽織っただけのレオンが憂鬱(ゆううつ)そうに現れる。しかし、弥洋を——否(いな)、「睡蓮」を目にするなり、はっと息を呑んだ彼のブルーアイズが輝いた。

「きみが……？　きみが今夜の僕のために来てくれたの？」

喜びに満ちたフランス語にとっさにフランス語で返しそうになったものの、すんでのところで飲みこむ。

代わりに英語で、普段より少し高めの声で挨拶した。

「こんばんは。添い寝サービスで派遣されてきました、睡蓮です」

一晩とはいえ、絶対に疑われてはならない。架空の人物を完璧に演じるためにも弥洋はここに来るまでにいくつかルールを決めておいた。

フランス語だと口調やイントネーションでバレる可能性があるから、フランス語は使わない。かといって日本語だとレオンに苦労させてしまうから、彼も流暢(りゅうちょう)に使いこなす英語を使う。プライベートは職務上の規定で基本的に秘密ということにする。

「スイレン……」

差し出した名刺を受け取ったものの、レオンの視線は弥洋に釘づけだ。眼差しがひどく熱い。視線でとかされてしまいそうなくらいに。

緊張にそわそわしながらも今後のために頼んだ。

「フランス語は使えないので、英語か日本語でお願いできますか？」

「……ああ、もちろんだよ。僕はレオン。さあ、入って」

弥洋を室内に促したレオンの手が、するりと背中に回って心臓が大きく跳ねた。ぱっと見上げたら、うっとりと夢みるような眼差しに出会って息が止まる。

「あの……？」

「ああ、すまない。きみのようなひとを腕に抱けることに感動しているんだ。きみはとても美しい。僕の心は完全に奪われてしまった……」

吐息混じりの囁き(ささや)きの破壊力はすごかった。言われた内容にも動揺する。

（いや、でもいま俺は、俺であって俺じゃないわけだから……！）

睡蓮は普段の弥洋からはかけ離れている。自分に言われた言葉だと思うべきじゃない。というか、マスターじゃないレオンはこんな感じなのか。欧米人の本領発揮という感じで心臓に悪い。

「……ありがとうございます」

あやうく「おそれいります」が出そうになったのを直前で切り替えたものの、この返事でよかっただろうか。バトラーとしてじゃなくレオンに接するのが初めてで、どういう態度を

とればいいのかいまいちわからない。

バトラーとしては失格だけれど、ソフレとしては戸惑いを隠しきれなかったのは自然な反応だったようだ。レオンがくすりと笑う。

「こんなことを言われるのには慣れない？　きみみたいに綺麗なひとがこれまで口説かれなかったなんて信じられないけど」

たしかに、「睡蓮」のビジュアルならそうかもしれないと弥洋も思う。とはいえ生まれたばかりのキャラに過去はなく、そこまで考えていなかった。

どう答えようか迷っている間にもベッドルームに到着した。レオンの手はまだ離れない。むしろ背中から腰にさりげなく移動していて、腰骨のあたりで感じる手のぬくもりにどぎまぎする。

というか、ほのかにいい香りが漂う、静かな音楽が流れている間接照明のみの寝室はムーディーすぎる。こんな風にしたのは約一時間前の弥洋自身だけれど、ここまでしなくてよかったんじゃないの、と過去の自分を責めたくなった。

固まっていたら、弥洋の顔をのぞきこんだレオンが甘やかに微笑んだ。

「ひとつ提案していい？」

「な、なんでしょう」

「敬語をやめてくれないか。僕はきみと家族のように話したい」

家族のように、という表現に胸が落ち着かなくなるけれど、ネクタイが苦手な彼は言葉遣いもラフな方がお好みらしく、バトラーである弥洋にも最初のころはたびたび「敬語じゃない方がいいんだけどなあ」とやんわりねだっていた。

ホテルマンとしてあのときは拒否するしかなかったものの、いまなら叶えてあげられる。

「……わかった。これでいい？」

「最高だ」

にっこり、満面の笑みにこっちまでうれしくなる。そうだ、この顔が見たかった。悲しんで、落ち込んでいるレオンじゃなく、周りまで笑顔にするような彼の上機嫌。

「睡蓮」としてここに来てよかった……と、やっと自分の無茶を全面的に肯定できた。自然な笑みがこぼれると、ふいに抱きしめられて心臓がひっくり返る。

「な、なに……っ？」

「……すまない、きみの笑顔があまりにも可愛くて。困ったな、僕はきみといると理性がとけてしまうみたいだ。抱きしめたらもう離したくなくなってる……」

ありえないほど近くで聞こえる低い囁きに耳が熱くなる。というか、内容が熱烈すぎてどうしたらいいのか。

（……もしかしてレオン、こういう遊んでそうな派手なタイプが好みなのか？）

そう考えてみたら、出会い頭からの態度も納得がいった。初っ端から見とれていることをわなかったけど。


隠そうともせず、言葉も態度も眼差しも甘くて、身体的にも精神的にも距離を詰めたがる。同性だからどうこう、というのは気にしてなさそうだ。ベルギーは同性婚が認められているし、業界的にも珍しくないのだろう。美人女優とばかり噂になる彼が同性もいけるとは思わなかったけど。

（「ハスミ」を意味深にからかうことはあったけど……）

あくまでもからかいだった。いま、こうして彼の本気を目の当たりにさせられたらよくわかった。

お客様から本気で迫られたらホテルスタッフとして困るけれど、それでも胸の中がもやもやした。こんな、会って数分の得体の知れない男に心を奪われているらしいレオンに「適切とは思えません」と苦言を呈してやりたくなる。できないけど。

というか、自分はソフレとして仕事にきたのだ。口説かれている場合じゃない。もっときちんと線引きして差し上げないと。

無意識下にある睡蓮への嫉妬心に気づかないまま、弥洋は抱きしめられている腕の中できりりと顔を上げる。と、すぐ目の前に大好きなひとの美貌があって心臓が跳ねた。コンタクトはよくない。眼鏡以上にレオンの非の打ちどころのない顔立ち、吸いこまれてしまいそうに美しい海の色の瞳の熱がクリアに見えてしまう。

言いたかったことが一瞬頭から吹き飛びそうになったものの、この眼差しは「ハスミ」には見せないのだと思ったらちゃんと戻ってきた。

「俺、朝まではいられないんだけど、それでもいい？」

「え」

「次の仕事も入ってるから。あ、もちろんレオンが眠るまではそばにいるよ。あなたが眠ったあとにこっそり帰るってことだけど……それだと条件に合わない？　駄目だったら別のスタッフに来てもらうよ？」

「きみがいい」

間髪を容れない速さで断言され、驚くと同時に胸が鳴った。

「……そんなに気に入ってくれたんだ？　まだ一緒に寝てもいないのに」

「合うかどうかは一目見たらわかるからね。きみは僕にぴったりだ……きっとベッドの相性もいいと思うよ」

ウインク付きで言われた後半は違う意味を感じさせる。ドキドキしながらもあえてスルーして弥洋は「じゃあもう寝よう」とレオンを促した。

素直に頷いたレオンがようやく体に回していた腕をほどいてくれ、こっそり息をつく。普段はありえない密着状態はうれしいけれど、やはり緊張する。

このときまで、寝るときのレオンについて弥洋は完全に失念していた。

ガウンのベルトをほどいたレオンは、ためらいもなくそれを脱いで手近な椅子にばさりとかけたのだ。穏やかな間接照明の中に荒々しい陰影をもった、逞しくも美しい裸体が浮かび上がって息が止まる。

(そうだ、レオン様は全裸で寝る派だった……!)

あの体に抱きしめられて寝るのだ。

いや、寝られない。寝られるわけがない。夜中に抜け出すにはそれでいいにしろ、緊張しすぎて喉が干上(ひあ)がる。

というか、目のやり場に困るから下だけは穿(は)いておいてほしい。とにかくバトラーとして仕えているときのように心を落ち着けなくては。直視しない視線の動かし方を思い出せ……と自分を叱咤していたら、レオンがスプリングのきいたベッドに座った。

「きみも脱いで」

「は」

思わず顔を上げると、にっこり、きらめく笑顔でもう一度言われる。

「脱いで?」

短く、穏やかな口調なのに、断れない圧を感じて頷いてしまった。そういえば……と添い寝を頼まれたときの彼の言葉を思い出す。

(人肌が恋しいって言ってたしなあ……)

落ち込んでいるときにぬくもりを求めるのは生き物の本能らしい。熱はエネルギーだから触れているだけでそのパワーを分けてもらえるのかもしれない。

できれば服を着たままで熱エネルギーを受け取ってもらいたかったけれど、効率が悪いのは否めないし、そもそも睡蓮のお洒落な服一式は見知らぬ元読モ様から借りたものだ。着たまま寝ることで型崩れしたら申し訳ない。ここは脱ぐことになってちょうどよかったと思うべきだろう。

そんな風に自分を納得させながら脱いでいった弥洋だけれど、さすがに最後の一枚になったらためらった。

記憶にある限り人前で全裸になったことなんかない。細くてもそれなりに引き締まった体つきをしているとは思うものの、レオンみたいに芸術品レベルの格好よさじゃないから気後れしてしまう。

「……これも？」

小声で確認してみたら「もちろん」と断言された。下着すら許してもらえないとは、裸族の掟は厳しい。

ぐずぐず脱いだら恥ずかしさがきっと倍増する。ソフレとして、人型抱き枕のプロとして仕事に徹するのだ。

思いきってつるりと下着を脱ぎ、レオンの方は見ずに簡単にたたんで着てきた服と一緒に椅子にのせる。背中に視線を感じるけれどきっと気のせいだ。抱き枕の姿かたちをそんなに熱心に見るわけがない……というのが詭弁だというのは自分でもわかっている。

振り返ったら案の定、熱のこもったブルーアイズがうっとりと弥洋の裸体を見つめていた。服と違って体は自分のものだから、恥ずかしいのに少し誇らしい気分にもなる。

「あんま見ないで。ほら、早くベッドに入って」

バトラーのときならありえない雑な口調で注意して、恥ずかしさを隠してレオンを促す。レオンがため息をついてゆるくかぶりを振った。金髪がきらめく。

「見ないなんて無理だよ。きみの裸は想像以上に美しい」

「俺は添い寝のために来たんだから、見られるのは業務外」

「もったいないな。撮りたいくらいなのに」

「絶対駄目。ていうか嫌。そういう趣味ないし」

なまじ映画監督で、ハンディカメラが室内にあるのを知っているだけに内心でぎくりとして強めに拒否する。レオンが笑った。

「僕だってないよ。でも、永遠に見ていたいものは残したいじゃないか」

言いながらも素直にベッドに入ったレオンが羽毛のデュベを持ち上げて弥洋を傍らに招く。ドキドキしながらもあけられた空間に横たわると、ふわりとデュベをかけられるのと同時に長い腕が体に回り、抱き寄せられた。

触れあう素肌の生々しい感触、自分より高い体温、鼻腔をくすぐる香りにどっと鼓動が速くなる。でも、いまはソフレのプロ「睡蓮」だ。平気な顔を装って、意識的に体の力を抜く。と、よりぴったりくっつくように抱きしめられた。

もう本当にやめてほしい。全然緊張がほぐれないし、鼓動も落ち着かない。というか、こんなに密着したら動悸がバレてしまう。あと、下の方で触れているものがすごく気になってしまう。金髪のひとは下の毛も金色なんだろうかなんて想像させるのはやめてほしい。いや、勝手に想像する自分が悪いんだけど。

(駄目だ、なんか俺、すごい動揺してる)

おかしなことを考えてしまうのはちょっとしたパニックに陥っているからだ。それも仕方ない、弥洋は裸で他人と抱きあったのはこれが初めてなのだ。

学生時代は恋愛にあまり興味がなく、『ホテル　サガミ』に勤めてからは仕事一筋で生きてきた。レオンにひそやかに片想いしているだけでけっこう満足していた弥洋にとって、この状態は恋愛的イベントを一気に飛び越えている。

とはいえ、パニックになっていてはプロのソフレのふりをやりおおせることはできない。早くいつもの冷静かつ有能な自分を取り戻さなくては。

こっそり深呼吸をして落ち着こうとするのに、レオンからすごくいい香りがしてそれすらも邪魔される。ホテル特製のボディケアグッズの香りには慣れているはずなのに、彼の肌の香りと混じるとひどく官能的で魅力的なものになって鼓動を乱すのだ。

こっちはこんなに動揺して困っているのに、弥洋を抱きしめたレオンはリラックスした様子で満足げに深い息をついた。

「うん、やっぱりぴったりだ。すごく落ち着く」

「……それはよかった。けど、ちょっと息苦しいんで……」

「ああ、ごめんね。背中から抱いた方が楽かな」

「たぶん」

背中からなら彼の香りもしないだろうし、と頷くと、レオンは少しだけ腕をゆるめて弥洋の体の向きを変えさせた。そうして、すっぽりとまた抱きしめる。

たしかに呼吸は楽になったけれど、背中からつま先まで完全密着してしまった。これはこれで失敗だったかもしれない。

「顔が見えないのは残念だけど、こっちの方がもっとぴったり抱けるね。……東洋人は肌理(きめ)が細かいっていうけど、本当だねえ」

「……っ」

するり、と大きな手で平らな腹部を撫でられて心臓が跳ねる。とはいえ、レオンが異文化好きで好奇心旺盛なのは知っている。肌質を確かめるために撫でているだけなら大騒ぎする方がおかしいだろう。

（でも、くすぐったいな……）

何度も往復する手のぬくもりは気持ちいいけれど、おなかをさわられることが普段ないせいかぞくぞくする。息をひそめてくすぐったさを我慢しているうちに、撫でる範囲が広がってきた。

レオンはすごく楽しそうだ。顔は見えないけれど、あちこち撫で回している両手からそれが伝わってくる。動悸で震える胸、鎖骨、肩の丸み、腕、細い脇腹、腰骨、淡い叢すれすれの無防備な腹部、脚の付け根や太腿の上部まで、腕が長いせいで届いてしまう。

性的な場所には触れられていない。なのに、だんだん体の様子があやしくなってきた。このままだと自分がおかしな反応をしてしまう危険を感じて、弥洋はとうとう声をあげた。

「あのっ」

「ん？」

「あ、あんまり、さわんないでほしいんだけど……」

「どうして？」

「くすぐったいし……」

「ああ、ごめんね。気をつける」

甘い声の返事は想定外だ。そうじゃなくて、と言いたいところだけれど、ソフレとしてこれは拒んでいいところなんだろうか。

ホテルスタッフとして「お客様がルール」という考え方を叩きこまれたけれど、プライベートな要求に関しては断るのを許されている。そこはソフレも同じはず。ただ、添い寝サービスという性質上、最初からお客様の眠りというプライベートタイムに関わっている。どこまでがセーフなのか門外漢の弥洋にはわからない。

急いでいたとはいえ、ひととおり調べてから臨むべきだった。

「……っふ……」

あちこちを愛でるように撫で回す手に息が乱れてきた。体温が上がって、肌がうっすらと汗ばむ。まずい。これ以上されたら、ただ撫でられているだけなのに言い訳しようがない状態になる。

「わ、悪いんだけど……ひゃうっ」

上体をひねってレオンに撫でるのをやめてくれるよう頼もうとした矢先、胸から鮮烈な感覚が走っておかしな声が口から飛び出した。慌てて口を手で押さえるけれど、体がびくびくと震えてしまう。レオンが胸の突起を弄っているからだ。

「ここも手触りがいいね。弾力があって、小さくて可愛くて……感度がいい」

「へんなとこ、さわ、ん……っ」

ないで、と言いきることはできなかった。下腹部に伸びた手が反応し始めた弥洋自身を捕らえてしまったからだ。

「ん、ん……っ」

てしまう。

「ここも可愛いな……。素直ないいこだね。僕の手にぴったりになろうとしてる」

うっとりと呟く甘い声が頭のすぐ後ろで響く。ゆるゆると扱かれてそこが完全に形を変え

「レオン……っ、も、離し……っ」

「どうして?」

「こんなの、不適……仕事から、はみ出してる……っ」

あやうく不適切と言いそうになったのをなんとか言い替えると、ふ、と彼が笑った。

「そうだね。でも、僕はやめたくないんだ。きみを僕の手で気持ちよくしたい。きみがイくところを見たい。……見せて、スイレン」

呼ばれた名前で、はっとした。

いま弥洋は「睡蓮」だ。レオンとは初対面で、派手な遊び人風のビジュアルで、おそらくレオンの好みのタイプ。仕事一筋で生きてきた、生真面目で地味なホテルスタッフの「ハスミ」じゃない。

それにきっと、こんなことは今夜だけだ。好きなひとに抱きしめられて、さわってもらえるなんてことは。

睡蓮は架空の存在だ。いざとなったら消えればいいだけ。

羞恥と戸惑いはあるものの、弥洋はこのチャンスを掴むことにした。遊び慣れた「睡蓮」

のふりで、好きな男の望みを受け入れる決意を固める。
でも、どうやって受容の意思表示をしたらいいかわからなくて、困り顔で背後に目を向けた。綺麗な海色の瞳と視線が絡むと、はあ、と彼が熱っぽい息をついた。

「まいったな……。それはどういう表情？　誘っているようにも、拒んでいるようにも見えるよ。いずれにしろそそられるけど」

「……あなたの望むように、解釈していいよ」

胸を高鳴らせながら囁いたら、ぎらりと一瞬彼の瞳に欲望の光が走った気がした。抱きしめる腕が強くなって、唇に吐息がかかる距離で囁かれる。

「本当（ヴレマン）に？」

なんだか食べられてしまいそうな迫力だ。緊張と期待で鼓動が速くなるのを自覚しながらも頷くと、間近にある美貌が喜びに満ちた笑みにとける。

キスされる、というのがわかった。嫌なら逃げていいよ、とレオンがゆっくりと距離を詰めてくれているのも。……逃げる代わりに弥洋は目を閉じた。

やわらかく唇が重なる。

レオンのキスは、すごく彼らしい気がした。やさしくて、甘くて、悪戯（いたずら）だ。

最初は薄い皮膚の感触を味わうように、ゆっくりとこすりあわせたり、甘く吸ったりして楽しみ、弥洋が慣れてきたあたりでやわらかく甘噛みしてくる。ぞくぞくして唇がゆるんだら、もっとここを開けてごらん、というように舌先で隙間を舐(な)められた。ゆったりと、それでいて開けずにいられなくなるようなやり方で。

「んぁ……っふ……」

ゆるんだ唇の間から、ぬるりとしたものがすべりこんできた。艶(なま)めかしく悪戯なそれは弥洋の口内を好き放題に味わい、思考力を奪ってゆく。

（なに、これ……、すごい……）

口の中がどうなっているのかわからないのに、とにかく気持ちいい。口移しで媚薬(びやく)でも流しこまれているかのように体温と感度が上がる。そのうえで胸と体の中心を同時に弄られると、じっとしていられなくてシーツを蹴るつま先が丸くなる。

レオンの手の中で自身はすっかりはりつめて先端を濡らしているのに、敏感なそこのなめらかな手触りやすんなりとした形を楽しんでいるかのようなゆるい愛撫が続いて苦しくなってきた。

「レ、オン……っ」

なんとかキスをほどいた弥洋が潤んだ目で訴えると、色っぽく唇を舐めたレオンがブルーアイズを細めた。

「可愛いな……。もうイきたい？」

こくりと頷くと、彼がうっとりとため息をつく。

「どうしよう、イかせてあげたいけど、まだ見ていたい……。もっととかして、気持ちよくしてあげたいなあ……」

「も……っ、十分……っ」

「まだ先があるよ。知りたくない？」

吐息混じりの甘い声の威力は凄まじく、うっかり頷いてしまいそうになったものの慌ててかぶりを振った。これ以上気持ちよくなったら自分を保っていられる自信がない。

「そっか。……いきなり無理させて嫌われても困るから、一度イかせてあげる」

にこりと笑ったレオンの唇が深く重なってきて、感じやすい場所をさっきとは違う濃度の快楽を与える愛撫で煽られた。グラスの縁ぎりぎりまで満たされていた悦楽を一気に沸騰させられて、弥洋の蜜はこらえる間もなく噴きこぼれる。

「んっ、んんー……ッ」

びくびくと震える体をレオンが抱きしめ、絶頂の声をすべてキスでのみこむ。反応のすべてが欲しいといわんばかりに。

放出を終えてぐったりした体を断続的に震わせている弥洋の唇をやっと解放して、熱くなった頬にレオンが自分の頬をくっつけた。

「はあ……、きみが僕の手でイってくれてうれしいな……。顔を見ていたかったけど、それはいまからでいい」

「ふぇ……?」

低い囁きの意味がうまく取れずに間の抜けた声が漏れるのに、頬を離したレオンは視線を合わせてにっこりと笑う。戸惑っているうちに乱れた吐息をこぼす唇を再び深く奪われた。

「んっ、んっ……」

達したばかりで感じやすくなっている体に、また愛撫を施される。口の中も、濡れそぼった弥洋自身にも。

気づいたら仰向けで組み敷かれていた。開かされた脚の間にレオンの大きな体が割りこんでいて、無防備な体勢に羞恥を覚えるのに閉じられない。達したあとも手触りを愛でるようにやわやわと愛撫され続けていた自身にまた熱が溜まる。レオンの大きな手のひらは弥洋が放った蜜のせいでたっぷりと濡れていて、彼の手の動きに合わせて淫らな音がたって鼓膜まで嬲(なぶ)られた。

抵抗しようにもキスで声を奪われているし、体には力が入らない。でも、もしかしたら抵抗したいとも思っていないのかもしれなかった。

これ以上気持ちよくされたら自分を保てなくなって困ると思っていたことさえ、達したあとも与え続けられたゆるやかな愛撫の快感にのみこまれてどうでもよくなっていた。残ったのは本心だけだ。

レオンの好きにしてほしい。彼の望みを叶えてあげたい。

その気持ちが弥洋を無防備にして、自分でも気づかないうちに受容の態度を見せてしまう。吸われる舌を自ら差し出し、厚い肩に腕を回す。

「ああ……、どうしよう、きみが欲しい。抱きたくてたまらない」

レオンがうなるように低く呟く。その切羽詰まった声、燃えたつようなブルーアイズにぞくぞくして、体が内側から甘く絞られる。

痺れているような舌のせいですぐに返事ができず、潤んだ瞳で見上げているとレオンがキスできる寸前まで唇を寄せて、胸に響くような声で囁いた。

「きみが好きだ。一目見たときから運命を感じた。……こんなときに、こんなことを言っても信じてもらえないかもしれないが、誓って本当だ」

眼差しにも声音にも、胸が苦しくなる。真剣さがうれしいのに、せつなくて。

変装した自分に嫉妬するなんておかしいけれど、「ハスミ」ではもらえない甘い言葉、眼差し、キス、愛撫、切望、そのすべてに妬いてしまう。ずっと好きだったのに、彼はこんな得体の知れないソフレの男、「睡蓮」に一目惚れをしてしまったなんて。

でも、架空の人物への嫉妬で感情的な判断を下したりはしない。好きなひとから求められたのだ。このチャンスを摑まなくてどうする、と弥洋は自分を励ました。

欲しいならあげよう。代わりに、自分も今夜だけレオンの愛情と思い出をもらうのだ。

「……そこまで言うなら、いいよ」

内心では緊張でいっぱいだけれど、余裕のある表情を意識して微笑んで囁く。はっとレオンが息を呑んで、それから複雑な笑みを浮かべた。

「こういうことに慣れてないように見えたけど……、本当は慣れているの？」

思いがけない問いにどう答えるべきか迷ったものの、「睡蓮」のイメージを壊さない程度にぼかした返事でかわす。

「……そうだとしたら、気が削がれた？」

「まさか。これまでの経験なんか子どもの遊びだったと思えるようになるくらい、僕が愛してあげるだけだ」

「……っ」

初心者は近づくべきじゃない導火線に火をつけてしまったかもしれない。

にっこりしたレオンには妙な迫力があって胸が騒いだけれど、逃げる間もなく深いキスで捕らわれ、さっき以上に遠慮のなくなった手で体中を愛撫される。

濡れた指先がぬるりと脚の間を伝ってその奥へと向かった。あらぬ場所に直接触れられて、びくっと体が跳ねる。

「んぅ……っ、ん、ん……っ」

他人に決してさわらせない場所をぬるぬると撫でられている事実に羞恥を煽られ、そこから湧き起こるぞくぞくとした感覚に戸惑う。

キスをほどいたレオンが少し笑った。

「……慣れてるとは思えない反応だけど、感度がいいね。ここ、こんなにきつく閉じていたらきっとつらいよ。力を抜いて、ゆるめられる？」

そう言われても、そんなところに彼の長くて綺麗な指を入れられるのを思うと緊張してうまく力を抜くことができない。乱れた息をこぼす弥洋の口許にキスを落としながらレオンがアドバイスをくれる。

「もっと深く息をして。吐くときに力を抜くように意識してみて」

「ん……」

侵入のタイミングをうかがっている指については考えないようにして、意識して呼吸を深くし、体の力を抜く。数回目で、ぬぐ、とそこに先端が入ってきた。

（なんか、大きい……）

レオンの指はすらりと長いけれど、手が大きいぶんやはり太さもあるのだろうか。見た目よりもずっと大きなものが入ってきたような体感だ。

息が浅くなるとなだめるようにまた口許にキスが降ってきた。呼吸を邪魔しないように唇の端にしてくれるやさしさに胸がじんわりする。

意識してまた呼吸を深くすると、タイミングを計りながらゆっくりと長い指が侵入してきた。どうしたことか、小刻みに揺らすような動きをされるとそこがきゅんと疼（うず）いて中からぞくぞくしてしまう。

埋めこんだ指の先が内壁の一点を強く押した瞬間、初めての強烈な感覚に高い声があがった。腰を逃がそうにものしかかるレオンのせいで動けず、そこを何度も刺激されてすっかり張りつめた自身から勝手に蜜が漏れる。

「やぁっ、や、なにそこ……っ」

「……やっぱり知らなかった。可愛いな……、ぜんぶ僕のだ……」

うっとり笑ってのレオンの低い呟きは弥洋には聞き取れない。動揺して涙目になっている弥洋の目許にキスを落として、上機嫌で彼が愛撫の手をゆっくりにした。

「怖がらないで。ここ、気持ちいいところだから」

「きも、ち、いい……？」

「そう。見ててごらん、いっぱい濡れてくるから」

誘導する目線につられて下の方に目が向くと、レオンが内壁の弱いところをまた刺激してくる。

「あぁっ、あっ、や、そこ……っ」

「ね、ここ、してあげると溢れてくるね」

彼の言葉どおり、すっかり張りつめた弥洋自身から透明な雫(しずく)が次々と溢れては平らな腹部を濡らす。恥ずかしいのに目をそらせない。いつもの眼鏡ならここまでクリアに自分の淫らになっている場所を見なくてすんだはずなのに。

　きゅうんと羞恥に内壁が狭まると、埋めこまれている指の大きさと摩擦をより強く感じて息を呑んでしまう。色っぽくレオンが笑った。

「ああ、きみの中はすごく気持ちいいな……。でも、そんなに締めるのはまだ早いよ。もっとここをやわらかくしないと、僕が入れない」

「い、いれる、の……？　本当に、あなたのを……？」

　指でさえ最初は少しきつい感じがしたのに、レオンのものだなんてとてもじゃないけれど信じられない。直視しないようにしていても、大柄な彼のもののサイズはなんとなく理解している。というか、脚に当たっているずしりとした熱の重量がすごい。

　おののく弥洋にレオンがくすりと笑う。

「そうだよ。いいって言ってくれたのに、気が変わってしまった？」

「そういうわけじゃ、ない、けど……」

「ん？」

「本当に、入るのかなって……。あなたのは、その、普通より大きい、よね……？　俺はどこも普通サイズだと思うんだけど……」

　MサイズのLサイズの容量は入らない。ちゃんと受け入れられるだろうか、と本気で心配するのに、レオンは楽しげにブルーアイズをきらめかせて不安に寄っている弥洋の眉間をひらかせるようにキスを落とす。

「ちゃんと準備したら大丈夫だよ。協力してくれる？」

「う、うん」

「じゃあ、四つん這いになって」

「なんで……っ？」

「ここ、もっと濡らしてほぐしてあげたいから」

ぐちゅりと埋めこんだ指を押し回されて弥洋はびくんと腰を震わせる。ぺろりと唇を舐めたレオンが囁いた。

「こんなに感じやすいんだから、きみはきっとここを舐められるの好きだよ」

「舐め……っ？」

「うん。勝手に濡れてくれるわけじゃないから、あとで痛くならないようにいっぱい舐めてあげないとね」

とんでもないことを平然と言ってのけたレオンにあわあわと弥洋はかぶりを振った。さわられるだけでも動揺したのに、そんなところを口にされるなんてありえない。

「む、無理、それは無理……っ」

「でも、ちゃんと濡らさないときみも僕も大変なんだよ？」

諭す口調に眉が下がる。自分が痛いだけならともかく、こっちが慣れていないせいでレオンに迷惑をかけるのは申し訳ない。かといって舐められるのにはものすごい抵抗がある。いくらシャワーを浴びてきたとはいえ、そこは口にしていい場所じゃない。

必死で頭を巡らせた。

「濡らすんなら、バスルームに何か……」

「遠いよ。僕はほんの一瞬でもきみと離れたくない」

「……っ」

熱烈な言葉は本来ならうれしいのに、いまは困る。許してもらえるなら自分で取りに行ってくるのに、レオンにその気はなさそうだ。となれば体を離さずにすむ範囲、つまりベッド周辺で何か代用品を探すしかない。

いまほどレオンのバトラーをしていてよかったと思ったことはなかった。彼がベッドサイドテーブルの抽斗（ひきだし）にハンドクリームを入れているのを知っている。

「そ、そのへんに、何か入れてないの？　こういうホテルってアメニティ充実してるし……」

「そんなに舐められるの嫌なんだ？」

こくこく頷くと、「好きだと思うんだけどなあ」と残念そうにしながらもようやく指を抜いてくれた。ずるり、と出てゆく感覚にぞくぞくして身をすくめている間に、腕を伸ばした彼が丸い缶入りのハンドクリームを取り出す。

オーガニック素材を使った、口に入れても大丈夫というそれをレオンがたっぷりと指ですくった。手のひらで温めて、とろりとゆるんだ状態にしてから弥洋のあらぬところに塗りつける。

「ん……っ」

「冷たい？」

「……大丈夫、だけど……んぁっ……」

ぬぷり、と中に入ってきた指に甘い声が漏れてしまった。かあっと頰が熱くなるけれど、やわらかくブルーアイズを細めたレオンはうれしそうに染まった頰にキスを落とす。

「ずっと入れていたから、素直に僕の指をのみこんでくれるね。もう一本いけるかな……」

ぐうっとそこで感じる圧迫感が増した。けれども痛くない。半分液体になったクリームのぬめりは想像以上の効果で、なめらかな摩擦に背筋をぞわぞわとあやしい感覚が走って甘く痺れさせる。

たっぷりのぬめりを纏った指で内壁の弱いところを刺激されたら、もう駄目だった。そこが快楽を生む器官に変わってしまったようにレオンの指に反応し、粘膜がうずき始める。さらに指を増やされても圧迫感さえ気持ちよくて、自分でも止めようがなく感じ入った声が漏れてしまった。

「あぁ……っ、や、なんで、こんな……っ」

「大丈夫、怖くないよ。もっと気持ちよくなっていい。僕がぜんぶ愛してあげる……」

初めての感覚に動揺している耳に、やさしい低い声が許しを与える。どこまでも甘い、脳までとかしてしまいそうな囁きに無意識の不安も緊張も消えて、弥洋の心身はレオンにほどかれてゆく。

何をされても甘い泣き声しか漏れなくなるまで延々と愛撫されて、全身を熱と快楽に満たされた。気持ちいいのが続きすぎて頭が朦朧としてきたころ、ようやく熱い息をついたレオンが弥洋の中から長い指を引き抜く。

「やぁ……っん」

いなくなるのを嫌がるような濡れた声が漏れたら、すんなりとした弥洋の両脚を抱え上げたレオンがとろりと笑んだ。

「寂しがらないで。もっといいものをあげるから」

「え……、ぁ……っ」

すっかりとろけてほころんだ蕾にぬるりと灼けるような熱が触れる。上から体重をかけられ、ぐうっと強い圧力を感じた直後、ずぶり、と体に響く音とともに弥洋のそこはたっぷりとした熱の先端をほおばった。

ものすごい圧迫感と重量感だけれど、思ったほどの衝撃を受けずにすんだのはレオンがいやというほどの時間をかけて、丁寧に準備してくれたおかげだ。

体が内側からどくどくする。あらぬところが熱くて、ぼんやりしていた意識が徐々に戻ってくる。

（……すごい、俺の尻に、レオンのが……）

刺さっている、というのがいちばんしっくりくる光景だった。両脚を抱え上げられているせいで、長大な彼のものの先だけが自分の中に埋められているのがはっきりとわかる。濡れた瞳で捕らえた絵面にくらくらしていたら、はあ、と大きく息をついたレオンが快感をこらえているような、低くひずんだ声で囁いた。

「このまま、奥までいくよ」

「ん……」

ドキドキしながらも頷くと、中のものが圧力を増して深くへと押し入ってきた。生理に逆行して内壁を蹂躙（じゅうりん）される初めての感覚に呼吸の仕方を忘れそうになる。

とにかく大きい。苦しい。いっぱいすぎてそこを壊されてしまいそうな怖さがある。なのに嫌じゃない。熱くて太くて硬いものが粘膜を擦（こす）りあげてゆくにつれて、快感のような甘やかな痺れを覚える。

（これ……、慣れたら駄目なやつだ）

本能的に弥洋は悟る。

好きなひとに一度でいいから抱かれたかった。それだけの気持ちで自分らしくない無謀（むぼう）な真似をしたのに、こんな感覚を覚えてしまったらきっと体が変わる。また抱かれたいと思ってしまう。そんなのは駄目だ。怖い。

「ま、待ってレオン、俺……っ」

「ん……？　どうしたの」

とっさの制止をレオンは聞いてくれた。けれども、ものすごく我慢して止まってくれたのが苦しげに寄せられた眉、乱れた息、こわばらせた筋肉や額から滴る汗で察せられる。

こんなときでさえ、レオンはどこまでもやさしいのだ。

同じ男としてどれほど無理な頼みを口走ってしまったかわかるだけに、胸がじんと震えた。

このひとにならなら体を変えられてしまってもいい。二度と抱いてもらえないとしても、それでもいい。怖さを恋情が凌駕する。レオンが欲しい。

弥洋は自らレオンに両手を伸ばした。上体を寄せてくれた彼の厚い肩を抱きしめて、金色の髪に指を絡めて囁く。

「ごめん、もう平気……。続けて」

「本当に……？　どこか痛かったりしない？」

「うん。その……、中が気持ちよくなってきて、ちょっと驚いただけだから」

どくん、と内部で熱が跳ねて弥洋は息を呑む。

「なに、いまの……っ」

「……いまのは仕方ない。初めてなのに僕のできみが気持ちよくなってるって告白されたら、興奮するに決まってるよ」

「そ、そうなんだ……って、俺、初めてだなんて言ってないけど……⁉」

慌てて勘違いだとアピールしようとしたところで無駄だった。レオンが苦笑する。

「言われてないけど、反応でわかったよ。ていうか、なんで経験があるようなふりしたの？居もしない過去の男に嫉妬させるなんて悪い子だね」

甘く責めるように——もしくはじゃれるように、レオンが弥洋の熱くなった頬や耳朶、首筋を甘噛みしてくる。感度が上がっているせいかぞくぞくしてたまらない。

「レ、オン……っ」

「うん……、可愛いね、大好きだよ。もっと奥までいかせて……」

ずず……っと熱塊が再び動き始める。指で拓かれた場所よりももっと深く、信じられないくらい奥まで暴かれ、満たされてゆく。

ようやくすべてを収めたレオンが、大きく息をついた。熱を帯びて色を深くした海色の瞳で視線を合わせてくる。

「苦しい……？」

「だい、じょうぶ……」

本当は喉元まで満たされているかのような圧迫感で、呼吸もうまくできない。心配させたくなくて嘘をついた弥洋にレオンが甘く笑って口づけてきた。

「嘘つきな舌は食べてしまうよ」

「うそ、じゃ、な……っんむ……っ」

さらに嘘をつく前に舌を搦め捕られ、彼の口の中へと吸い上げられて甘噛みされる。

本当に食べられているみたいなキスにぞくぞくしているうちに、息苦しさの種類が変わった。体内の充溢感のせいじゃなく、さらなる快感を望む疼きが呼吸を乱す。

レオンの手もいけなかった。やさしく、それでいて淫らに感じやすい場所を愛撫して弥洋の体を煽り、籠絡する。じっとしていられないほど体中が気持ちよくて、身じろぎしたら繋がっている場所からえもいわれぬ快楽が生まれた。

「ん……っ、んっ、あ、はぁ……っ、なに、これ……っ」

「ああ……、すごいね、たまらないな……」

レオンが深く埋めこんだままゆっくりと腰を押し回す。剛直で内壁を捏ねられて高い声があがり、背がしなった。

「やぁあッ、それだめっ、レオン……ッ」

とっさに出た「駄目」にレオンが艶めかしく笑う。

「奥が好きみたいだね。ここまで僕に愛されないと駄目な体にしてあげられるなんて、最高だ」

「そん、なの……っ、困る……っ」

「いや、困らないよ。欲しがってくれたら僕がいくらでも愛してあげる、愛しい人」

蜜のように甘い囁きに逆らおうにも、レオンが動きを止めてくれないからまともな言葉を紡げない。腰を密着させたまま奥だけを突き、彼のものに粘膜を馴染ませる動きを繰り返す。

激しくないのに……激しくないからこそ、慣れない体でも快感を余すところなく拾わされてしまう。快楽の味わい方を覚えさせられ、彼のための体へと造り替えられる。

最初は初心者の弥洋にワルツの踊り方を教えるようにゆっくりと最小限だった動きが徐々に大きく、派手なものに変わっていった。それももう気持ちいい。泣きどころをごりごりと嬲られ、充血しきった粘膜を長いストロークで蹂躙され、感じやすいすべての場所を愛撫されて、止めようもなく甘く濡れた声と快楽の涙が溢れてしまう。

とける、と本気で思った。

どこが気持ちいいのかもわからないくらいに全身が気持ちよくて、熱くて、自分の形が曖昧になる。汗に濡れた素肌が密着したところからレオンととけあってしまうような気がした。

そのうち、最奥を力強く突き上げられるたびに目の前が白く明滅し始めるようになる。

「うあっ、あッ、レオン、レオン……っ」

「ここにいるよ、愛しいひと」

初めての感覚にわけもわからずに名を呼ぶと、弥洋を抱く腕に力がこもる。でも中を穿つのはやめてくれない。それでも胸に安堵が広がって、弥洋は大きな体に縋った。

「おねが……っ、もう……っ」

「いいよ、一緒にイこうね」

とろりと笑んだレオンが、二人の体の間で勃ちきって濡れそぼっている弥洋の果実を握りこむ。それだけで軽く達してぴゅくっと蜜を吐き出したそこを、奥の奥まで突き上げるのに合わせてレオンが扱きあげた。

中を擦られながらの絶頂は強烈だった。レオンの手の中でびくびくと跳ねながらそこが蜜を噴きこぼし、ぎゅうっと後ろが締まる。息を呑んだレオンがひときわ強く、深く突きこんで、逞しい体をこわばらせた。

最奥に浴びせられる熱も気持ちよくて、閉じたまぶたの裏でまばゆい光がはじける。

「ああ……、きみは素晴らしい。最高だよ、僕の……」

深く息をついたレオンの感動しているような甘い囁きを最後まで聞くことは叶わず、指先まで痺れているような弥洋の意識はふわりと白い靄にとけてしまった。

ふっと気がついたら、目の前に逞しい裸の胸があった。

数回目を瞬いた弥洋は、どうして自分がここにいるのかを思い出して身をこわばらせる。じわじわと全身が羞恥と動揺で熱くなった。

さいわいレオンは眠っている。しっかり弥洋を腕に抱いてはいるものの、間近にある麗しい寝顔はひどく満足げで安らかだ。——ひとまず、ソフレとしての役割は果たせたらしい。

ほっとして美貌を眺めているうちに、夢のようだっためくるめくひとときをようやく現実だと受け止めることができた。

（なんか、すごかった……）

思い出すだけであちこちがきゅんとして、胸が高鳴る。語彙力が吹き飛ぶくらいに衝撃的な初めての体験だった。

予定どおりに好きなひとに抱かれて、これ以上ないほどの思い出をもらった。自分があんなに淫らになってしまうのは知りたくなかったけれど、慣れない体ながらもレオンにも気持ちよくなってもらえたようだからもういい。

（レオンがうまかったおかげだろうな）

丁寧な愛撫、酔わせるキス、甘い睦言。

どれもが心から愛している恋人に与えるかのようだった。おかげで弥洋もすべてを彼にゆだねることができて、悦楽に溺れた。

（一目惚れ、してくれたって言ってたもんな……）

弥洋じゃなくて架空の人物「睡蓮」にだけれど、妬いても仕方ない。レオンに愛してもらえる要素が自分にあったのを喜んだ方がずっといい。

そうっと頭を動かして時計を確認したら、夜中の二時すぎだった。予定よりオーバーしたものの、朝まで眠りこんでしまわなかっただけよしとしよう。

起こさないように慎重にレオンの腕の中から抜け出そうとして、弥洋は気づく。

(体がさっぱりしてる……)

潤滑用に使ったクリームやらいろんな体液できっとぐちゃぐちゃになっていただろうし、中に出された覚えもある。でも、お尻のあたりに濡れた感じがない。

拭いてくれたというよりは全身洗われているようだ……と、馴染みのあるボディソープの香りから理解したところで、夢かうつつかわからない断片的な記憶がちらついた。

レオンに抱かれたままバスタブの湯に浸かったこと、上機嫌な彼にあらぬところの「後始末」までされたこと、口移しで水を飲ませてもらったこと。半ば意識がなかったせいでひどく甘えた態度になっていた気がする。

信じられなさと申し訳なさでうめき声が漏れそうになったものの、なんとか我慢した。

きっとあれは夢だ、妄想だ。どんなにレオンがうれしそうに面倒をみてくれたようなイメージが残っていても、あんな自分をさらしてしまったのが事実だとしたら羞恥のあまりバトラーとしての仕事に支障が出る。夢ということにして、とにかくこの場を去ろう。

そろそろと起き出そうとしたら、ぴくりと長いまつげが震えてレオンが少し片目を開けた。

「……ハスミ?」

バトラーとしての名前を呼ばれて大きく心臓が跳ねた。

けれどもほとんど閉じている目、いまにもまた眠ってしまいそうな様子に弥洋はレオンが寝ぼけているのだと気づいてほっとする。彼の寝起きがよくないのは知っている。

口調が「ハスミ」にならないように気をつけて、弥洋は苦笑混じりの英語で返した。

「違うよ、俺は睡蓮。もう帰るね」

「ああ……スイレン、愛しいひと。本当に帰るの……？」

「次の仕事があるって言ったじゃん」

「……いやだな……。きみにずっとここにいてほしい」

上体を起こしかけた弥洋を抱く腕に力をこめて、胸元に頰をすり寄せてくるレオンの金色の髪をくしゃくしゃと撫でる。

「無茶言わないで」

「言ったら聞いてもらえるかもしれないだろう」

「聞かないから。ほら、手を離して」

笑いながら金髪に絡めた指を軽く引く。もう離れて、という仕草にレオンが端整な顔をしかめて嘆息した。でも腕はゆるまない。

「レオンってば」

「キスしてくれたら離してあげてもいい」

寝起きと同じ冗談を真顔で言う彼に目を瞬く。いや、いまのは本気なのだろう。見るからにレオンは「睡蓮」を離したくなさそうだ。

バトラーとしては絶対に受け入れられない条件だけれど、睡蓮ならのめる。というか、一度でいいから叶えてあげてみたかった。

弥洋はシャープなラインの頬に手を添えた。

「絶対だよ？」

「僕は約束を守る男だ」

にっこりした彼がさっそく目を閉じる。わくわくしている様子に笑みがこぼれるのを感じながら弥洋は身をかがめ、完璧な形の色っぽい唇に自らの唇をそっと押しつけた。

（こんなふうに、レオンにキスできる日がくるなんて……）

内心で感動しながら、触れさせただけの唇を離そうとする。と、ぐいと後頭部を大きな手で引き寄せられた。

「んっ、んん……っ」

深く重なった唇を割って艶めかしい生き物のような舌が入ってくる。逃げる間もなく舌を搦め捕られ、濃厚な口づけを与えられた。

自分を支えている腕が震えてくずおれる寸前に、きらめく糸を引いてレオンが唇を離す。濡れた唇を舌で拭って、楽しげな笑みを含んだ声でのたまった。

「キスっていうのは、こういうのだよ」

「……っこんなキスされたら、困る……」

「どうして？　僕は困らないけど」

くすりと笑うレオンにまたキスされそうになって、弥洋は彼の口を片手で覆った。

「自分さえよければいいの？」

「まさか！」

「じゃあ俺の事情も慮(おもんぱか)ってくれるよね？」

「……もちろん。帰したくないからってごめん……」

「素直でよろしい」

しゅんとして謝る姿が可愛くて唇をほころばせて返したら、目を見開いた彼がふわりと幸せそうに笑った。

「きみとこんな会話ができるなんて。知れば知るほど好きになってしまうよ、可愛いひと(ミニヨン)」

よくわからないけれど、何かが彼のツボだったようだ。

たしかに、ろくな会話もないままベッドへ直行してあの展開だった。ソフレという仕事がらもあったし、外見がレオンの好みに合って「一目惚れ」されたという結果だ。

そしていま、話すのを楽しいと思ってもらえたのがうれしい。これは「睡蓮」ではあるものの、素の弥洋だ。

帰る弥洋を止めない代わりに、レオンはガウンを羽織ってドアの前まで見送りにきた。

「寝てもらわないと俺が来た意味がないと思うんだけど……」

「きみといられるのに離れているなんてありえないよ。さよならのキスのチャンスを逃すのも」

「……さっきしたのは？」

「不本意なのを我慢してきみを解放する取引のキスだね」

にこりと笑ってのたまうレオンに目を丸くするけれど、間違ってはいない。苦笑して釘を刺した。

「さよならは軽く、一回だけね」

「嘘だろう、そんなのはキスじゃない」

「じゃあ握手にする？」

「なんてことだ……、きみは僕を苦しめる天才なんじゃないか」

悲愴な顔でかぶりを振るレオンに「おおげさだなあ」と笑ってしまう。

結局、レオンの望むキスを一分間だけ許すことになった。一分といえどもキスがうますぎる男が本気を出したらとんでもないことになる、というのを弥洋は知る。

頭の中で六十数えるはずが途中でわからなくなって、名残惜しげにレオンがキスをほどいたときには息が乱れ、膝が少し頼りなくなっていた。

それでも気合でしゃんと立ち、「じゃあ」と立ち去ろうとする。と、腕を引いて止められた。

「また会えるよね？」

「……会いたいなら、連絡して」

本当は二度と会わない方がいいに決まっている。ただのソフレじゃなくて、不適切な関係をもってしまったのだから。それ以前にソフレというのも嘘だし。

それでも誘惑に負けて返したら、頷いたレオンに抱きしめられた。

「必ず連絡する。今夜はありがとう。きみのおかげで最高に幸せな夜になった」

「……どういたしまして」

こちらこそ、とは言えずに無難に返し、くっついていたがる体をなんとか長身から離したら、ドアを開けてくれたレオンが頬にちゅっと口づけた。

「僕はいまからきみの夢をみるから、きみも帰ったら僕の夢をみるんだよ」

耳元で甘く囁かれてどぎまぎする。こういうことを平気で、真顔で言ってのけてしまえるなんておそるべしだ。

「残念ながら、俺の夢はチャンネルが選べないんだ」

あえて甘くない切り返しをしたら、ふっと彼が笑った。

「それならこっちで合わせておくよ。僕との有料コンテンツがいいかな」

「……有料には対応しておりません」

「そんなはずないよ。脳は眠っている間に得た知識と体験を整理するから、きみは間違いなく今夜僕の夢をみる。いいね？」

もはや洗脳だ。彼に淫らなことをされている自分の夢なんてみたくないけど、なんだか本当にみてしまう気がする。

もう一度キスされる前に弥洋はレオンの腕をするりと抜け出した。「おやすみ（グッナイ）」と呟いてスイートルームをあとにする。

「おやすみ、愛しいひと（シェリ）。気をつけて帰るんだよ」

背中にかけられた声に振り返らずに片手を振って返す。

あらぬところにまだ何かが入っているような違和感があったけれど、見送っているレオンに格好悪いところを見せたくなくて平気なふりで歩いた。

エレベーターに乗り込み、壁面に背をつけて大きく息をつく。

（なんか、現実じゃないみたいだ……）

体験したことも、レオンとの気の置けないやりとりも。

数時間後にはまた、弥洋は「ハスミ」としてレオンに仕える。

平気な顔で。有能なホテルスタッフとなって。

【3】

「おはようございます、レオン様」

いつもの時間、いつものぴしりとした格好でマスターの寝室を訪れた弥洋は、これまたいつものフレーズを口にする。

すべてはいつもどおり。たとえお仕着せに包まれた体のあちこちに違和感があろうとも、鼓動がやけに速くなっていても、そんなことはおくびにも出さない。

「んー……」と眠そうにうなったレオンが寝乱れた金色の髪の間で薄く目を開け、弥洋を認めるなりとろりとなまめかしい笑みを浮かべた。

「おはよう、ハスミ。ゆうべはありがとう」

いつも以上の色っぽさ、言われた内容に大きく心臓が跳ねたものの、必死で平気な顔を取り繕う。

「ゆうべといいますと?」

「僕のためにスイレンを派遣してくれただろう。彼は素晴らしかった……悪夢のような日が最高の日になったよ」

うっとりと言うレオンは睡蓮が弥洋だったなんて夢にも思わない様子だ。ほっとして平常心が戻ってくる。

「ご満足いただけてなによりでした。お茶を召し上がりますか」

「うん、ありがとう」

体を起こしたレオンの見事な裸体を意識しないようにしてモーニングティーを渡す。これまでもドキドキしていたけれど、いまはあの芸術品のような体の熱、肌を合わせる感触と快感、麝香(じゃこう)のような匂いまで知っているせいで生々しさが段違いだ。

やわらかくたちのぼる湯気に目を細めながらレオンが紅茶を飲む。その唇も官能的でどぎまぎと目をそらした弥洋は、ふいに気づいた。

——今日は、いつもの「冗談」をねだられなかった。

おはようのキスを、と言うことなくすんなりレオンが起きている。手がかからなくて喜ばしいはずなのに、胸がもやもやした。

(睡蓮が現れたことで、俺はどうでもよくなったってことだよな)

もともとからかっていただけとはいえ、からかうほどの関心も弥洋にはなくなったということだろう。そう理解するともやもやが黒く固まって胸の中を重くさせる。

(いや、こんなことで落ち込むとか間違ってるから! どうせ叶わないってわかってたし)

気を取り直して弥洋はプロとしてバトラーの仕事に徹する。マスターが「睡蓮」を褒めたたえ、ゆうべがいかに幸せだったかを語るのに複雑な気持ちになりながらも。

「ずいぶんお気に召されたんですね」

「ああ。きみは運命を信じる？」

朝食をとりながらにっこりして聞いてくるレオンに、微笑んで軽く首をかしげる。

「いまのところ実感したことはありませんね」

「本当に？　僕はたくさんの運命を感じているけど。たとえばハスミとの出会いも」

「私と？」

「うん。きみと出会えたから、僕はこのホテルで我が家以上に楽しい滞在ができている」

「光栄です」

「ハスミも僕に運命を感じなかった？」

「そうですね……、レオン様はとても仕え甲斐のあるマスターでいらっしゃいます」

「優等生のお返事をありがとう」

「どういたしまして」

すまし顔で返すと、彼が笑った。

「ハスミのそういうところが好きだよ。僕をつけあがらせない」

「そんなつもりは……」

「ないとは言わせないよ。ところで、今夜もスイレンを呼んでもいいだろうか」

唐突に戻った話題に目を瞬くと、レオンが心配顔で続ける。

「また彼に会いたいんだけど、二日連続だと負担になるかな」

「……そんなことはないと思いますよ。彼にとっては仕事ですし、ご指名を喜ばれると思います」

「負担」が意味するところを察してドキドキしながらも返すと、ぱあっとレオンの顔が輝いた。

「よかった。できることなら仕事じゃなくプライベートで、本気で恋人にしたいと思っているんだ」

邪気のない発言に心臓がひっくり返った。彼はそこまで「睡蓮」を気に入ってしまったのだ。自分でありながら自分ではないキャラクターだけに、そこまで好いてもらった喜びと嫉妬めいた感情が同時に生まれて反応に困る。

「それは……気が早すぎるのでは？　ゆうべ会ったばかりのお相手でしょう」

「出会い方は関係ないよ。運命を感じたって言っただろう」

にこやかに言いきったレオンは、朝食後に名刺を取り出して本当に睡蓮に連絡を入れた。

プライベート用スマホは普段どおりバトラールームのロッカーに仕舞ってある。目の前で着信せずにすんでほっとしていると、少し眉根を寄せたレオンが首をかしげた。

「出ないな」

「おやすみ中なのではないですか。お仕事がら夜が遅いでしょうし」

「ふむ」

弥洋のフォローに納得した彼は英語でメッセージを残すことにしたようだ。

「できるだけ早くまた会いに来てほしい。可能なら今日、ディナーを一緒にとろう。連絡を待ってるよ、ダーリン」

睡蓮に向けてだとわかっていても、すぐそこで聞こえる甘い囁きが自分のものだと思うとドキドキする。一人二役ゆえの複雑なときめきと罪悪感だ。

通話を終了したレオンが改めて睡蓮の名刺を眺め、弥洋を手招いた。

「これ、睡蓮（ネニュファール）だよね。何か意味があるのかな」

デザインとして入っている花のイラストを指して聞いてくる。

「単純に名前を表しているだけだと思います。ネニュファールは日本語でスイレンと発音しますので」

「なるほど、美しい彼にぴったりの名だね。まさに僕のロトスだし」

「ロトス……？　ロータス（蓮）のことですか」

耳慣れない単語は英語の発音の癖だろうかと気になって聞き返すと、ゆうべのことを思い出しているのか、うっとりした口調で答えられた。

「綴り(つづ)はロータスと同じで、オデュッセイアに出てくる現世の苦悩を忘れる実がロトスなんだ。蓮(ロータス)の名を持つ彼が僕のロトスになってくれたのは、運命的だと思わないか」

英語のLotusにそんな意味があるとは知らなかったけれど、睡蓮がレオンの憂鬱を忘れさせることができたのなら本望だ。本当は「ハス」と「ヒツジ草」由来の名前なのに、レオンの知識でロマンティックさが段違いになったな、と感心する。

朝食後、睡蓮からOKをもらえたら心置きなくディナーに行けるように仕事に専念すると宣言したレオンはシナリオ執筆にかかった。執筆に入る前に弥洋は飲み物や軽食、客室のクリーニングを手配し、執筆環境をレオン好みに整えてから彼の邪魔をしないように「御用があるときはお呼びください」と部屋を辞去する。

客室外での仕事にかかる前に、バトラールームに寄って私用のスマホをチェックした。ちゃんと未登録の番号――レオンからの着信と留守電が残っていて、耳元で再生される甘い囁きに改めてときめく。

「……ディナーを一緒に、って言われても、『ハスミ』でいる間は『スイレン』にはなれないからなあ」

バトラーの勤務時間はマスター次第だからこそ簡単に返事ができない。しかも、それ以前の問題がある。

再び「睡蓮」に変身しないといけないのだ。自力の再装備でミスが出ないように、改めて友人夫妻にレクチャーを仰ぎたい。

さっそく友人夫妻に『睡蓮を気に入られた。今夜も呼ばれたから変装のコツとか教えてもらえると助かる』とメッセージを送ったら、すぐに二人から『ＯＫ』が返ってきた。持つべきものは友達だ……とスマホを拝む。

お昼前にレオンの様子をうかがいに行くと、ちょうど一段落したところでランチの希望を聞くことができた。

「あまり食べると眠くなるから軽いものがいいな」

「では、ローストビーフを載せた季節のサラダとコンソメスープはいかがですか」

「いいね。あ、でも、ディナーのときにスイレンの前でお腹が鳴ったら格好悪いなあ……」

深刻な顔で可愛い心配をするレオンに唇がほころびそうになったものの、なんとか落ち着き払った表情をキープして提案する。

「三時ごろに当ホテル自慢の点心をお召し上がりになっては？」

「そうだね、そうしよう」

ぱっと笑顔になったレオンがスマホを手に取って、またしゅんと瞳を曇らせた。

「どうなさいました？」

「スイレンからまったく連絡がないんだ。もしかしたら僕はフラれてしまったんだろうか」

「……お忙しいのでは？　まだ半日もたっていないですし」

「そう思うかい？　望みはある？」

「レオン様の誘いを断る人類がいるとは思えませんが」

「人類とは大きく出たね」

笑った彼がからかいの眼差しを向けてきた。

「じゃあ、僕の誘いをことごとく突っぱねてきたハスミは人類じゃないってことかな」

「冗談を真に受けるのは愚かですし、お客様の誘いにのるのは不適切ですから」

答えながらも、彼の軽口を毎回撥ね返す自分がひどく頭が固い、つまらない人間に感じられた。でもホテルマンとしてはお客様とふざけあうことこそが間違っている。

気を取り直して必要事項の確認をした。

「レオン様が今夜外出されるなら私はいかがいたしましょうか。待っていた方がよろしいですか」

睡蓮に化けたら待ってなどいられないのだけれど、今夜のディナーに付き合えるかどうかは彼の返答次第だ。少し思案したレオンが答える。

「今日は早く終わってくれていいよ。四時ごろはどう？　僕はデートの支度をしたいし」

「デートのお誘いの返事はまだだとさっきうかがいましたが」

「うん。でも、さっきハスミが断る人類はいないって言ってくれただろう？　僕はきみの言葉を辞書と同じくらい信じているよ」

「それは責任が重すぎます」

思わず苦笑してしまったものの、信頼はうれしい。

四時に終業なら……と余裕をもって計算して、ランチのサーブを終えたあとで私用スマホから睡蓮として「六時ごろなら行ける」と返事を送った。

部屋に戻るとレオンは大喜びで、わざわざ弥洋に報告してきた。喜ばれて照れくさいのと少し後ろめたいのとでそわそわしてしまうけれど、涼しい顔でバトラーの仕事に努める。

「ディナーのご予約とお衣装のご用意は……」

「自分でするから大丈夫。でも、相談にはのってほしい」

「ご相談、ですか」

眼鏡の奥で目を瞬く弥洋にレオンがさっそく聞いてくる。

「和食、洋食、中華、エスニック、エレガントなのとカジュアルなの、きみなら初デートで何が食べたい？」

第二の自分のために本体の自分がアドバイスをする、という奇妙な事態に、またもや軽い嫉妬のような、羨望(せんぼう)のような、おもしろがっているような気分がミックス状態で湧いた。けれどもバトラーの仕事に私情は禁物、感情を無視して弥洋は正直に答える。

「私ならカジュアルな洋食がいいです」

「参考にするよ、ありがとう」

にっこりしたレオンは「どこにしようかなあ」といそいそマップをチェックし始めた。頻繁に訪日して長期滞在する彼には、行きつけの店がいくつかあるのだ。

レオンの提案どおり四時に仕事を切り上げた弥洋は、大急ぎで一人二役のためのミッションをこなした。

まずは樹里たちが勧めてくれた店で睡蓮っぽい服一式とブルーのエクステを調達し、眼科で処方してもらったカラーコンタクトを入手する。それから人気ショコラティエの店でチョコレートを二箱買って友人夫妻のマンションに向かった。樹里はまだ帰っていないけれど、在宅ワーカーの優太が迎えてくれる。

「これ、昨日借りた服。こっちはその人へのお礼。これは優太たちに」

クリーニング済みの服と、新品の下着と靴下のそれぞれにお礼のチョコレートボックスを添えて渡すと、優太が笑った。

「弥洋はちゃんとしてるよねえ。俺たちもおもしろかったからお礼なんかいいのに」

「おもしろかったって……」

ちょっと脱力するけれど、そう言ってもらえると気が楽になる。

変装のコツを改めてレクチャーしてもらい、弥洋は「睡蓮」に化けた。鏡に映る姿は何度見ても自分じゃないみたいだ。でも。

「全然あやしまれないとは思わなかったな……」

「人って案外『顔』じゃなくて全体の雰囲気を見てるから、よっぽど注意してないとあれは気づかないよ。弥洋に興味がないってことじゃないから寂しくなることないって」

「べ、べつに寂しくなってなんか……っ」

否定しようとしたものの、なんでもわかっている風の友人の表情に語尾が小さくなって消える。嘆息して白状した。

「バレたくないのに全然気づかれないと寂しいって、矛盾してるよな」

「そんなことないよ。だって弥洋、その『マスター』のこと好きなんだろ？　好きなひとがせっかく気に入ってくれたのに別人だと思われてたら、歯痒いのは当たり前だって」

「ん……」

「ていうかさ、すごいチャンスじゃん。『睡蓮』として虜にしちゃって、徐々〜に正体に気づかせていけばハッピーエンドじゃない？」

明るい未来予想図に、なるほど、その手があったか……と思えたのは一瞬で、現実を思い出した。

「睡蓮がどストライクだったみたいで虜にはもうなってくれてるっぽいけど、それって俺の出る幕なんかないってことだよね。あのひとが欲しいのは睡蓮で、俺じゃないんだから……」

「睡蓮は弥洋じゃん」

「俺じゃないよ。俺はこんなの着ないし、添い寝フレンドっていう仕事を選ぶような人生に柔軟なタイプでもない。計画的に、地道に、ルールからはずれることができないつまんないやつなんだよ」

「睡蓮になってる時点でだいぶおもしろいと思うけど？」

優太の反論を弥洋は苦笑混じりで聞き流す。

これだって、自分で望んでやったというよりは山本夫妻の勢いに流され、ほんの少しの出来心が後押しした弥洋の人生最大のチャレンジだ。一人だったら絶対やってない。

睡蓮としてホテルに戻ってきたら、五時半だった。

約束の六時まで三十分も残っているけれど、レオンの様子からして早めに行ってもたぶん嫌がられないだろう。というか、自分が彼に早く会いたい。

バトラーのときもレオンに会えるのはうれしかったけれど、睡蓮として会うレオンはまた違う顔をしていて――よりプライベートで、もっと会いたくなる。

浮き立つ気分でスイートルームのチャイムを押したら、すぐにドアが開いてぱあっとレオンが顔を輝かせた。

「スイレン！　来てくれてありがとう。今日もきみは美しいね」

さっそくの賛美にどぎまぎするものの、睡蓮のキャラを意識して慣れているふりで「どうも」と返す。

促されるがまま室内に入ると先客——マネージャーのブルーノがいた。打ち合わせ中だったのか、テーブルに雑誌や書類が広げられている。

邪魔だったかな、とレオンを見上げると、にこりと笑ってかぶりを振られた。

「もう終わったよ。そうだよね、ブルーノ？」

英語での問いに肩をすくめたブルーノが、ぐるっと目玉を回してフランス語で返す。

「急ぎのぶんはね。残りは明日でいいよ。そちらのオリエンタル美人は？」

「スイレン。これから食事に行く約束をしているんだ」

ブルーノが興味深そうに眉を上げた。

「お気に入りのハスミを早々に帰したと思ったら、そういうことか」

「そういうことって？」

「デートだろ」

「僕の気持ちはね」

「レオンが同性もいけるとは知らなかったな」

「僕もだよ。でも、彼は最初から特別なんだ」

フランス語で交わされる会話は「睡蓮」にはわからないことになっているとはいえ、自分の名前が出てきたり、レオンが同性への恋愛感情を認めたりするから落ち着かない。挙動不審にならないように壁にかかっている抽象画を眺めていたら、ブルーノの視線が改めてこっちを向いた。

「なるほど……、たしかに雰囲気のある美人だ。きみの映画で重要な役を担(にな)う美女たちによく似てるし、好みが実体化した感じか」

まじまじと見つめられると、レオンにも同僚にもバレていないとはいえやはり緊張する。

そわっと身じろいだら、レオンが大きな体でブルーノの視線を遮ってくれた。

「そんなに見たら減る」

「なに言ってるんだよ。いやあ、まさかこんなレオンが見られるとはな……！」

おもしろそうに目を輝かせたブルーノが笑いながらテーブルを片付け始める。

「恋に落ちたライオン大帝(ル・グラン・レオン)をもっとからかいたいのはやまやまだけど、本気の怒(いか)りをかう前に邪魔者は消えるよ。では二人とも、いい夜(ボン・ニュイ)を」

「きみもね」

弥洋にも愛想のいい挨拶をしてからブルーノが部屋を出てゆく。

二人きりになったら、するりと腰にレオンの腕が回ってきて心臓が跳ねた。

「……体はつらくなかった？」

すぐ近くで聞こえた囁きにはさっきまでとは違う親密さがあって、その内容と共に弥洋をどぎまぎさせる。

「大丈夫……っ」

平然と答えるつもりだったのに、気恥ずかしさから動揺が滲んでしまった。ふわりとレオンが微笑む。

「可愛いな。このまま食べてしまいたいくらいだ」

「……俺が受けたのはそういうディナーの誘いだった？」

「そういうのも含んでいる誘いだったと白状するよ。もちろんきみ次第だけれど」

「その判断はこれから食べさせてもらうディナー次第かな」

「よかった、きっと気に入ってもらえると思うよ。そのあとのメインもね」

ウインクしたレオンは余裕たっぷり、不遜なのにその自信にドキドキさせられてしまう。

レオンが連れて行ってくれたのはホテルからほど近い場所にあるビストロだった。煉瓦造りの蔵のような雰囲気でワインの品ぞろえが素晴らしく、お洒落すぎなくて居心地がいい。

レオンが「煮こみ料理が絶品でパンもとびきり」と言っていたお気に入りのお店だ、とクロスをかけたテーブルに案内されながら弥洋は気づく。

丸顔の朗らかな店長とレオンはすっかり馴染みで、「お友達を連れて来てくれたのは初めてだね！」と歓迎のグラスワインと酒肴をサービスしてくれた。

きりりと冷えた辛口の白ワインは爽やかな香りとすっきりした飲み口で食欲を刺激され、ほうれん草とサーモンのクリーミーなキッシュともよく合った。レオンの勧めに従ってホワイトアスパラガスとチキンのサラダ、牛ほほ肉のワイン煮こみ、店長イチオシの赤ワイン、デザートにスフレを頼む。煮こみ料理にはおかわり自由のバゲットがついてきた。

まずはイタリアンパセリを散らしたサラダをひとくち。

歯ごたえを残した絶妙な茹(ゆ)で加減のアスパラは甘く、チキンはぷりっとジューシーで、レモンの風味と黒胡椒(くろこしょう)、チーズがきいていて素材の旨(うま)みが深い。

「美味しい……！」

目を瞠(みは)る弥洋に、レオンが「ね」とうれしそうにブルーアイズを細めた。

「僕も大好きな味なんだ。好みが一緒でよかった。煮こみも食べてみて」

夏場と冬場で使うワインを変えているというワイン煮込みは、香りは芳醇(ほうじゅん)ながらもさっぱりと仕上げられていて、赤ワインの旨みと香りが染みた玉ねぎ、スプーンでほぐれるほどやわらかく煮えた牛ほほ肉を一緒に口に入れると口内が美味と香りに満たされてまさに至福。この店の料理に合わせて焼いてもらっているというバゲットとの相性も抜群だ。香り高く深い味わいの赤ワインはほのかに甘い余韻が残り、これもまた文句なしだ。

くつろいだ気分で美味に舌つづみを打ちながら、レオンのお気に入りのお店でのんびり二人の時間を愉(たの)しむ。こんな風にすごせる日がくるなんて夢にも思ったことがなかった。これまでは、ホテルのあの部屋だけが二人でいられる場所だったから。

ホテルの中では見られなかった表情を間近で見られるのも、自分の忌憚(きたん)ない意見を言って会話を深められるのも、冗談を交わせるのもうれしい。

（睡蓮になってよかった……）

グランマニエの風味がきいている、ふわふわのスフレを堪能しながらしみじみと思っていたら視線を感じた。

目を上げると、愛おしげな眼差しにぶつかって大きく心臓が跳ねる。

「……なに？」

「美味しそうに食べているきみがとても可愛くて、幸せだなあって思ってた」

「……あんま見ないで。恥ずかしいから」

「照れ屋なのも可愛いね、僕の睡蓮」

ふふ、と笑ったレオンがごく自然に弥洋の手を取った。ますます心臓が落ち着かなくなるけれど、抜き取ることもできずに固まっていたら、視線を合わせたままレオンが真剣な眼差しで口を開いた。

「ゆうべも言ったけれど、僕はきみが好きだ。きみの心も体も未来も、すべて僕のものにしたい。どうか、僕の恋人になってほしい」

低くて甘い囁きは夢のようで、胸が壊れそうに鳴る。

頷けたらどれほどいいだろう、と思うものの、できないこともわかっていた。

レオンが求めているのは「睡蓮」で、それは弥洋が作り出した人物――架空の存在だ。

弥洋が持つ心と体はあげられても、睡蓮の未来はあげられないし、現実もあげられない。

そんなものは最初からないからだ。プライベートを分けあうことなどできない嘘の存在なのに、恋人になりようがない。

もし恋人になれば、レオンは睡蓮のことを知りたがるだろう。でも中身のない睡蓮は応えられないし、嘘をつくのにも限界がある。

嘘のほころびから正体がバレたらと思うと、どれほど彼のものになりたくても弥洋が返せる答えはひとつだった。

「……ごめん。俺は、あなたと『仕事』でしか付き合えない」

なんとか断りの言葉を絞り出す。申し訳なさで彼の方を見られずにいたら、弥洋の言葉を受け止めるような間を置いてレオンが残念そうに呟いた。

「そうか……。でも、仕事で会ってくれるだけでも幸せだよね。少なくとも僕はきみに拒まれていない、違うかな」

「違わない、けど……」

けなげな発言をした彼が、きゅっと繋いでいる手を握って小さく肩が跳ねた。目を上げたら、真剣な顔でとんでもない確認をされる。

「仕事の一環としてなら、僕に抱かれてくれる？」

「……っ」

内心で動揺しながらも、弥洋は表情を取り繕ってこくりと頷く。彼が望んでくれるなら、「恋人」という立場以外ならなんでもあげられる。

「一度やったことなら、二度も三度も同じだし……」

「十回も百回も百万回も同じだよね」

「最後のは多すぎるよ」

一日一回としても二千七百年以上かかるし、それだけ愛しあっている時点でもはや恋人では……とツッコミを入れると、ふふっと笑って「心意気の話だよ」などとのたまう。

弥洋の手を持ち上げたレオンが、誓うように手の甲に口づけて甘く囁いた。

「僕はきみが好きだよ。初めて会ったときからいままで、これ以上ないほど好きだと思っているのにいまなお一秒ずつ恋に落ちている。きみのいない未来などもう想像できないから、僕だけの花になってもいいときみが思ってくれるように全力を尽くすよ」

熱っぽい眼差しも、紡がれる言葉も、これ以上ないほどうれしいのに弥洋に向けられたものじゃないから返事に困る。

悩んだ末に「がんばって」と他人事(ひとごと)のように呟いたら、レオンがにっこりした。

「口説かれるのを受け入れてくれてありがとう。覚悟していてね、僕の可愛い花(フルール)」

……返事を失敗したかもしれない。

【4】

全力で睡蓮（すいれん）を口説くと宣言したレオンは、シナリオ執筆の合間に日本語の勉強をするようになった。もともとヒアリングはかなりできたのだけれど、自分で文章を考えて話すスピーキングは必要なかったこともあって基本フレーズの使い回しレベルだった。

それを、睡蓮のために積極的に話す努力を始めたのだ。けなげさが愛おしいけれど、付き合わされるバトラーとしてはひそかに困っている。

「ハスミ、今日も付き合ってくれる?」

「……かしこまりました」

マスターの希望はすべて叶（かな）えるのが基本だからこそ頷（うなず）くものの、制服の下では胸が少し落ち着かなくなる。

ソファにゆったりと座っているレオンに手招かれて隣に浅く腰かけると、「恋に落ちた友人のために」とブルーノがお気に入りのカフェのメイドさんに教えてもらって秋葉原で買ってきたという日本語の教本を渡された。

「今日はこの基本フレーズの発音練習がしたい。お手本を聞かせて」

示されたのはたしかに基本フレーズ……ただし、恋愛においてだ。

小さく深呼吸をして、心を無にして手本の発音をしてみせた。

「あなたを愛してます」

「うーん……、全然気持ちがこもってないように聞こえるよ？　本当にそれでいいの？」

母国語じゃないのにこめられた感情の濃度がわかってしまう映画監督に弥洋は内心で顔をしかめる。好きなひとだからこそ感情をこめて言いにくいのに。

「もっと使用頻度が高いフレーズから練習された方がよろしいのでは？」

「僕にとっては使用頻度が高くなる予定のフレーズだから完璧に言えるようになりたいんだ」

「会話は英語でなさっているんでしょう」

「だからだよ。こういうのは自分の国の言葉で言われた方がうれしくないかい？」

「レオン様のお相手の好みは存じませんが、個人的な感想としましては練習にお付き合いしているだけでも非常に照れくさいです」

かしこまった口調でささやかな抵抗を示すと、ふふ、とレオンが笑う。

「そう？　いつも平気そうにしているから気づかなかったな。もっと素直に照れてくれていいんだよ」

「私が照れても仕方ないでしょう」

「貴重なものはそれだけで価値がある」

格言風に返されたけれど、珍しくておもしろいということだ。これ以上は押し問答だろう。

内心でそっと嘆息した弥洋は、さっさとすませる覚悟を決めて思いきってレオンと目を合わせた。こういうとき、ためらえばためらうほど羞恥の時間が引き延ばされる。

眼鏡ごしに美しいブルーアイズをひたと見つめ、ひそかな本心をこめて告げた。

「あなたを愛してます」

「僕もだよ」

視線を絡めたまま、イントネーションも情感もばっちりの日本語で返されて息を呑む。

一瞬頭が真っ白になったけれど、何かを期待するかのようなブルーアイズに気づいて冷静さが戻ってきた。

「予習していたんですか」

「いや、たまたまこの前見てた日本の映画に出てきたんだ。驚いた？」

「とても」

にっこりしたレオンは悪戯が成功した少年のようだ。その悪戯で弥洋の心臓にどれほどの負荷をかけたかわかっていないのだからたちが悪い。

それもこれも、レオンにとって弥洋がいちホテルスタッフにすぎないからだ。バトラーの弥洋がマスターのレオンに懸想することなどないと思っているからこそ、こんな練習に付き合わせる。こっちの気も知らずに。

「映画で勉強されるのはとてもよい方法だと思います。これからは私ではなく……」

「怒らせてしまったかな？」

しゅん、と眉を下げて聞いてくるのはずるい。ライオンをイメージさせる大柄なゴージャス美男のくせに、耳を伏せたわんこの可愛げを出してくるなんて。

「怒ってなどおりません」

「じゃあ、これからもハスミに練習相手を頼んでもいいかな」

「……レオン様のお望みのままに」

これ以外のフレーズなどバトラーに言えるわけもない。

好きなひとから架空の自分の練習台として毎日愛の言葉を囁かれ、真剣な口調で返さないといけないなんて、いったいどんなプレイなのか。

日中に弥洋で練習した日本語の口説き文句は、夜に睡蓮へと投下される。

レオンにそのつもりはなくても、弥洋からしてみたら一日中甘い言葉のシャワーを浴びているようなものだ。与えられる愛情に呼応するように彼への想いがセーブする余裕もなく深まって、このままだと毎晩囁かれる「僕の恋人になって」にうっかり頷いてしまいそうで不安が募る。

なのに睡蓮として会うのをやめられない。

バトラーのハスミのときは見られない彼の甘い眼差し、フランクな会話、与えられる愛の言葉とキス、親密に分かち合う悦楽——すべてを手放したくない。

レオンからはほぼ毎晩「ご指名」の連絡があって、ディナーとベッドを共にしている。

夜中に帰るのは厳守しているけれど、「帰したくないな」「朝まで抱いていたい」というレオンを振り切るのがだんだん難しくなってきた。

（俺らしくないよなあ……）

　もともとレオンの頼みに弱かったものの、本来の弥洋なら翌日の仕事に影響が出ないように日付が変わる前にちゃんと帰っていた。つい予定より一時間、二時間、と延長してしまう自分に、恋に溺れているのを自覚する。

　そうして着々と睡眠不足が積み重なった結果、バトラーとしての仕事中、こっそりあくびをかみ殺したのをマスターに見られてしまった。

「疲れているようだね？」

「いえっ、失礼いたしました」

　慌ててしゃんと背筋を伸ばして詫びるのに、レオンは眉を曇らせてかぶりを振る。

「そういえばマイ・バトラーの休日はマスター次第だったね。ずっと休みをあげていなかったことに気づいてなくてごめん。ハスミが希望する日が特になければ、明日を休みにするかい？」

「でも、明日はご友人と会われるご予定でしたよね」

「だからこそ、だよ。丸一日友人とすごす予定だから、ハスミに頼らないといけないこともない。いざとなったらサブバトラーもいるし」

心配ご無用だよ、とウインクされて、弥洋はありがたくマスターの提案を受け入れる。

友人とすごす明日のぶんまでシナリオ執筆を進めておきたいとのことで睡蓮にもお呼びがかからなかったから、自宅のベッドに倒れこんだ弥洋はまさしく泥のように眠った。


「よく寝たー……」

翌日、自然に目が覚めたときにはすっきりしていた。伸びをしながら気力と体力が回復しているのを実感する。

カーテンの隙間(すきま)から差しこむ日差しの角度に違和感を覚えて、枕元の眼鏡をかけた弥洋は時計が示す時刻にぎょっとして目を見開いた。

「五時……⁉」

午前じゃない。夕方のだ。なんと二十時間近い睡眠。

考えてみるまでもなく、違うキャラを演じ分けながら二重生活を送るというのは神経を使うし、身体的にもあらゆる意味で酷使されていた。爆睡もやむなし。

(これからは、睡蓮として会うのは三日に一回くらいにした方がいいかもな)

このままだと本業――バトラーの仕事を完璧にこなせなくなりかねないし、それ以前に毎晩レオンの「指名」を受けていたら睡蓮に他の客がいないみたいだ。

いや、実際いないのだけれど、睡蓮はプロのソフレ設定である。他の客の影がまったくないのは不自然だろう。

しっかり眠ったおかげでやっと少し頭が冴えてきた。

ひとまず空腹をなんとかしようと冷蔵庫を開け、冷凍してあったパンを焼いてパックの野菜ジュースで流し込んだ。あとで買い物に行こう、と思いながら洗濯機を回し、掃除をする。

残り僅かな休日を平日に溜まった家事をやっつけてすごしていたら、六時過ぎにスマホにメッセージが届いた。

『生ハムは風前の灯だが実家から牡蠣がおいでなすったぜ！』

『仕事が終わったらうちに来ない？』

ぎっしりと牡蠣が詰まった保冷ボックスと痩せ細った生ハム原木の写真を送ってきたのは、樹里と優太の山本夫妻だ。

いつもなら何時に終わるかわからない、行けたら行く、というところだけれど、今日は違う。いそいそ即レスした。

『今日休みだからすぐ行く。持って行くものは？』

『弥洋本体、あれば美味い白ワイン』

ＯＫ、と返して二分で身支度を整えて家を出る。

「睡蓮」に化けるときは最短でも十五分はかかるのだけれど、素の弥洋だと適当に合わせたシャツとパンツに眼鏡をかけるだけだ。「ハスミ」のときのようにヘアアイロンで髪をストレートにして撫でつける必要もない。買い物に行くときはさすがにもう少しだけお洒落に気を配るけれど、これから行くのは気楽な友人夫妻の家である。

美味しいワイン、というオーダーからレオンに連れて行ってもらった煉瓦造りのビストロを思い出した。少し遠回りして寄ってみたら、ちょうど開店したタイミングだった。

髭の店長に「先日レオンと一緒に来てくださった方ですよね」と気づかれてぎょっとしたものの、そういえば樹里たちが「人は全体の雰囲気で見てる」「髪型が大事」と言っていた。ふわふわにカールしている髪はインパクトが強いから、カジュアルな格好で眼鏡をしていてもバレてしまったのだろう。

（レオンには絶対、この「素ハスミ」は見せられないな）

見せる機会も予定もないけれど、うっかり見られて身バレすることがないように今後はプライベートでは帽子をかぶろう、と弥洋は心に誓う。

こちらの都合で恋人にはなれないまでも、睡蓮という架空の人物になっている間はレオンと一緒に出かけられるし、抱いてもらえるのだ。せっかくの関係を自分の不注意で終わらせたくはない。自分から終わりを告げなくても、レオンが飽きれば——彼に睡蓮が呼ばれなくなれば、この関係は簡単に終わるのだから。

レオンの態度がどんなに真摯で熱烈でも、プライベートを明かさない相手にそれが持続することはないと思う。

愛情はお互いに与えあうことで育ち、形を変えながらも続いてゆくものだ。だけど弥洋はレオンからもらった愛情に見合ったものを返せないのだ。そのうち枯れてしまったとしても文句は言えない。

（ある意味、飽きられて自然消滅がベストだな）

睡蓮が身バレしなかったら、関係が終わったあとも弥洋は彼のバトラーとしてそばに仕えていられる。終わった関係に胸は痛むだろうけど、二度と会えなくなるよりずっといい。

店長お薦めの白ワインと数種類のチーズを購入して、山本夫妻のマンションを訪ねた。

「はい、ご希望のブツとおまけ」

差し出した手土産を優太がうれしそうに受け取る。

「わ～、ありがと弥洋。さっそく開けるね」

「もう用意できてるから、駆けつけ三杯いこう！」

「普通一杯じゃないの」

ぐいぐい背中を押す樹里に笑ってツッコミを入れつつ、リビングにお邪魔する。

テーブルには櫛切りのレモンを添えた新鮮な牡蠣が山盛り、タバスコ、薄くスライスして花のように盛った生ハム、グリルドポテト、クレソンのサラダ、赤白のワインが並んでいて、そこに弥洋の手土産が加わった。

久しぶりの友人との飲み会は楽しく、牡蠣もお酒もどんどん進む。アルコールでいつも以上にご機嫌な樹里が「睡蓮のその後」の報告を弥洋に求めてきた。

「『マスター』に睡蓮を気に入られて、これからもソフレとしてサービス提供することになったって優太に聞いたけど、その後何か変化あった？」

「特には」

「まったまた～。弥洋は大したことがあっても大したことない風に言うからなー」

「何を大したことだと思うかは個人の感性によるからね」

「うわ、正確なようで曖昧な返事！」

顔をしかめた樹里が、ふいに大きな瞳をピカッと光らせる。これはろくでもない悪戯を思いついた表情だ。

警戒する弥洋に、案の定突拍子もないことを言い出した。

「ねえ弥洋、今夜はわたしたちのために『睡蓮』になってみない？」

「は……？」

「ホテルのひとたちに全然バレてないって言ってたの、この目で確認したい！　ちょうどお酒も切れたし、睡蓮になってホテルのバーに繰り出そうよ」

「ええー……、そんな危険な真似したくないよ。酔っぱらいは無茶言うなあ」

「酔ってないし。わたしがザルなの知ってるでしょ」

「知ってるけど」

「いいじゃん、いいじゃん。『睡蓮』の生みの親としては我が子が外で無事にやっているかが気になっても仕方ないでしょー」

そう言われたら、変装の恩もあって断りづらい。迷っている弥洋にダメ押ししたのはのんびりグラスを口に運んでいた優太だった。

「樹里ちゃん、『睡蓮』のために新しい服用意してるんだよね。着てやってよ、弥洋」

「アクセもあるよ～」

「なんでそこまで……」

「リアル着せ替え人形の楽しさに目覚めた！　元のよさを最大限に活かして磨くことで普段と別人に見せるって、コスプレとは違うおもしろさがあるんだよね。ファッション雑誌編集者としてはそそられるテーマ」

「ああ……、なるほど」

睡蓮に化ける過程が何か参考になるなら、恩人の希望を断る選択肢はない。やむをえず受け入れたら、これまででいちばん華やかな……もとい、チャラいスタイルでコーディネートされることになった。

「……襟ぐり開きすぎじゃない？」

「鎖骨大事！」

「イヤーカフ落ち着かないんだけど……」

「似合ってるよ」

「弥洋は首から背中のラインも綺麗だから、後ろから見てもエロくていいね〜」

「ハットはどうする？　やりすぎ感出るかな」

「いっとけいっとけ」

もはや本人の意見など関係ない。まさにリアル着せ替え人形、睡蓮は山本夫妻の「作品」なのだ。理解した弥洋は抵抗をあきらめ、作り手たちにすべてをゆだねた。バービー人形たちの気分が少しわかった気がする。

華やかパリピ風睡蓮が完成し、いざ出かける段になって優太のスマホに着信があった。

いくつか言葉を交わした優太が、通話を終えるなり複雑な顔で報告する。

「業界最大手の映画雑誌から、明日締切のコラムの依頼がきた……」

「明日!?　あと数時間じゃん、そんな無茶ぶり蹴っちゃいなよ！」

「んー……、でも、フリーライターはこういうときのフットワークの軽さが次に繋がるし、好きな映画をたくさんの人に薦めるチャンスだから。弥洋と樹里ちゃんは楽しんできて」

夫ラブな樹里はぐずったものの、優太に「あとで睡蓮の職場潜入レポートして？」と言われたらあっさり気持ちを切り替えた。おめかしした人妻にエスコートされて、タクシーで『ホテル　サガミ』に連行されることになる。バービー弥洋はあきらめの境地だ。

　旅人を歓迎するように、夜の街でもひときわ美しく光を溢(あふ)れさせている職場に仕事のときとは違う気分で足を踏み入れるのにもずいぶん慣れた。

　落ち着いた足取りでバーラウンジに向かう弥洋に樹里が感心した目を向けてくる。

「すごいね、堂々としててこのホテルの雰囲気に完全に馴染(なじ)んでるよ。これが弥洋だなんて誰も気づいてないいし」

「『作品』の出来に満足した？」

「うん！　わたしたち天才じゃない？」

「自画自賛がすごいな」

「だって他に褒めてくれる人いないじゃん。弥洋と睡蓮のビフォーアフターは秘密だし」

　しゃべっているうちに目的のフロアに到着する。

　間接照明と生演奏のピアノがゆったりした雰囲気のバーラウンジは、職場内にあるとはいえ普段の弥洋とは縁がない。物珍しさを覚えるけれどきょろきょろ周りを見回すのはエレガントさに欠けるから、涼しい顔でローズウッドのカウンター席に樹里と並んで腰かけた。とりあえず特製フィンガーフードと軽めのカクテルを頼む。

「あ、これ美味しい。さすが贅沢(ぜいたく)ホテルのバーのおつまみ。弥洋も食べてみて」

どこにいても態度が変わらない樹里は洒落たバーラウンジでさえ自宅リビングのノリだ。つられて弥洋もリラックスして、ホタテのタルタルをグリッシーニで掬って味見する。

「うん、たしかにうまいね」

「うちで作れるかな」

「優太がいたらよかったたな。食べたものだいたい再現してくれるじゃん」

「あ～、それ言わないで！　優太がいなくて寂しいの思い出しちゃう」

思い出させた罰といわんばかりに腕を小突かれる。ラブラブなのはいいけれど八つ当たりはやめてほしい。

ふと目を上げた樹里が弥洋の耳に手を伸ばしてきた。

「イヤーカフ、ずれてるよ。このままだと落ちそう」

「ああ、悪い。耳薄いみたいなんだよな、俺」

自分では見えないからこそ友人に直してもらっていたら、ふと背中に突き刺すような不穏な気配を感じた。眉をひそめて辺りをうかがった弥洋は、はっと息を呑む。

（レオン……⁉）

バーラウンジの奥、ゆったりとしたテーブル席のソファに座って、グラスを片手にこっちを見つめている美男は間違いなく弥洋の美貌のマスターだ。

今日は友人と会うと言っていたからホテル内にいるなんて思っていなかったし、手前にレオンと同じくらい大柄な男性二人が座っているせいで陰になっていてまったく気づかなかったけれど、その眼差しは初めて見るくらいに鋭く、獰猛な気配を湛えている。

（ケンカでもしたのかな……）

それにしては視線がめちゃくちゃこっちを見ているけど。

戸惑いながらも弥洋はレオンと一緒にいる二人をさりげなくチェックする。――二人ともレオンが会う予定だった友人だ。

眼鏡をかけている黒髪の美形は『ホテル　サガミ』の総支配人の実弟であり、ホテルと提携している『n－EST』という家具やファブリックを扱う企業の社長秘書をしている相模原氏だ。ときどきホテルを利用している彼とは何度も顔を合わせているだけに身バレの不安を覚えるものの、気づいたとしても自分に何らかのメリットもしくはデメリットがない限り放っておくタイプだ。きっと大丈夫だろう。

その隣にいるのは明るいブラウンの髪に不思議な瞳の色をしている美男だ。レオンに負けず劣らず華やかなビジュアル、支配者然とした迫力のある雰囲気の持ち主である彼は、相模原一族のイトコで『n－EST』の代表取締役をしている鷹司社長で間違いないだろう。

彼ら二人とレオンの三人は昔からの友人だと聞いている。ちなみに『n－EST』はレオンの映画のスポンサー企業でもある。

弥洋の関心が背後に向いていることに気づいた樹里が、「何かあった？」と無邪気にくるりと振り返った。

「ちょ……っ、そんなあからさまに……！」

「うわっ、すっごい美形ぞろい……！　顔面偏差値ヤバすぎる……！」

衝撃もあらわな呟き（つぶや）には心の底から同意するものの、遠慮なくガン見するなんて失礼だ。ホテルスタッフとしてとっさに手で視界を遮る。

「樹里、見すぎ。お客様がご不快になる」

「いやだってあれは見ずにはいられないでしょ……って正当化できることでもないね。うん、ごめん。は〜、それにしてもなにあれ異世界だよ……美形コーナー最高か……」

合掌した樹里がぶつぶつ言いながらカウンターに体の向きを戻す。ほっとした矢先、ファンならではの熱のこもった口調で確認された。

「奥にいたの、ヴァレンバーグ監督だったよね？」

心臓が跳ねる。やっぱり気づかれたか。

あまり顔出ししないようにしているとはいえ、あれだけの美形だから印象が強いし、インタビュー記事を集めているガチファンはしっかり顔を認知している。そして樹里は弥洋や優太と同じくヴァレンバーグ監督の大ファンだ。監督の定宿が『ホテル　サガミ』ということも知っている。

ごまかすだけ無駄だと判断して、弥洋は頷いた。

「いま泊まっていらっしゃるから。でも、口外したら駄目だからね？　ご本人が隠してないのと俺たちが触れ回るのは全然別問題だから」

「わかってるって。それにしても、写真でもキラキラ美形だけど本物の迫力はとんでもないね。なんか圧があるっていうか」

いつもはもっと朗らかだけれど、ゴージャスゆえに圧が高いのは否めない。曖昧に笑って流したら、ちらっと背後に目をやった樹里が弥洋に耳打ちした。

「なんか、すっごい見られてるんだけど……？　ヴァレンバーグ監督がマスコミ嫌いなのは知ってるけど、わたしが編集者っていうのは見た目じゃわかんないよね？　もしかして背中に何かついてる？」

「ついてないよ」

笑って返して、弥洋もレオンの方を見る。と、ばっちり目が合ってしまった。

「……っ」

目が合ったのに無視するわけにはいかない。会釈したら、レオンが連れ二人に何か言って席を立った。こっちに向かってくる。

「えっ、なんで⁉　弥洋、ヴァレンバーグ監督と知り合いなの？」

ひそめた声で聞いてくる樹里に、内心で動揺しながらも頷いて小声で答える。

「このホテルをたびたびご利用いただいているからね」

「そっか。……いや、待って。いま弥洋、睡蓮の格好してるよね？　で、睡蓮を知ってるのは優太とわたしと弥洋の『マスター』だけのはずよね？」

しまった、と思っても後の祭りだ。否定する間もなく頭の回転がいい樹里は正解を導き出してしまう。

「つまり弥洋の好きなひとって、ヴァレンバーグ監督……⁉　しかも相手からも憎からず思われてるのよね？」

「『睡蓮』はね。俺は違うけど」

「睡蓮イコール弥洋じゃない。やだすごい、こんな身近でまさかのドラマ展開だわ」

「なにも展開してないから。マスターとバトラーが表面で、お客様とソフレ担当っていう裏面ができただけ。それも仕事だけ。それ以上の展開はしません」

　興奮している樹里をなんとかクールダウンさせようとことさらに落ち着いた口調で言い聞かせているうちに、レオンがすぐ近くまで来てしまった。気づけば彼の友人二人、眼鏡の奥の瞳をおもしろそうにきらめかせている相模原氏と、戸惑った様子で眉根を少し寄せている鷹司社長も付いてきている。

　豪華すぎる美男三人セットに圧倒されて見上げている弥洋と樹里に、レオンは対メディア用と同じような口許(くちもと)だけの笑みを見せて声をかけた。バーの間接照明のせいか、本来は海の色をしている瞳は暗い夜の色をしている。

「こんばんは、スイレン。こんなところで会うとは思わなかったな」

レオンが連れ二人を簡単に紹介して、弥洋も「友人です」と樹里を紹介した。

樹里はさっきまでのテンションの高さはおくびにも出さず、有能なファッション雑誌編集者らしい洗練された態度でさりげなく、それでいてしっかり三人に名刺を配った。

「……出版社の人、なんだね」

名刺の裏側、英語での紹介を読んでレオンがぽつりと呟く。

「はい！　ヴァレンバーグ監督がメディア露出を限定されているのは存じておりますが、よろしければぜひ我が社にもインタビューの機会を与えていただけたら光栄です。私が担当しているのは女性向けのファッション誌ですがカルチャーページに力を入れていますし、これまで監督の作品を拝見していて衣装や小道具も魅力的でぜひファッションと絡めた特集を組んでみたいと思っていたんです！　ご許可いただけたら弊社の他の雑誌との共同取材という形で複数の媒体に掲載させてもらうことも可能ですが、いかがでしょうか」

勢いと情熱は溢れていても礼儀正しい樹里の口上を聞くレオンは無表情で、何を考えているかまったく読み取れない。造りが華やかな美形だけに、いつものように笑っていないと異様な迫力がある。

最後まで聞き終えたレオンが静かに口を開いた。

「悪いけど、しばらくインタビューを受ける予定はないんだ。最近とても嫌な思いをしたばかりで、当分は誰の紹介でも信じられそうになくて……。ごめんね」

「い、いえ、こちらこそ図々しくすみません」

穏やかながらも壁の厚さを感じさせる声音にさしもの樹里もひるみ、弥洋も先日のレオンの傷心ぶりを思い出して申し訳なさに身を縮めた。売り込みをのんきに見てないで止めるべきだった。

謝るべきか、でも睡蓮は先日のインタビューについては聞いてないはずだから謝る方が不自然かも……と内心でおろおろしていたら、レオンの瞳が弥洋に向く。

「スイレンは仕事？　いつも以上にお洒落してるけど」

「……ええ、まあ」

じつのところ「着せ替えスイレン人形」にされただけなのだけれど、正直に答えるわけにもいかず返事を濁す。

「レオンは？」

「本当に興味ある？」

低い呟きの鋭さに戸惑うと、相模原がなだめるようにレオンの肩を軽くたたいた。

「らしくないですよ、レオン。いつもの朗らかでチャーミングな才能あふれる王様はどこにいったんですか」

「そんなひと知らないな」

「おやおや、本当に珍しい反応ですね」

「さっきまでいつもどおりだったし、レオンの彼への態度からして原因はなんとなくわかったが……どうする？」

「こうなったレオンは少々厄介ですからねえ……」

鷹司社長の問いに相模原が少し首をかしげ、腕時計を確認するなりさっくり言った。

「帰りましょう」

「放置するのか？」

「ええ。レオンだって私たちの前でくだを巻いて無様な姿をさらしたくないでしょうし、もしそんな真似をされたら私は今後ずっと彼をからかわなくてはいけません」

「いけないのか……？」

困惑する鷹司社長に相模原が頷き、涼しい顔でスマホを操作し始めた。メッセージアプリをチェックしているようだ。

「ちょうど恋人も出張から帰ってきたようですし、おひらきにいいタイミングです。友人の残念な姿を眺めているより最愛の恋人とすごす方が比類なく楽しいですし、有意義ですからね。利仁もそうでしょう？」

「まあ、な」

こちらもスマホをチェックして、微妙に唇をほころばせての同意。黙って聞いていたレオンが深く嘆息した。

「二人とも、本当に友情に篤いよね……」

「感謝してくださいね」

しゃあしゃあと言ってのけた相模原が弥洋たちに会釈し、出口に向かう。鷹司社長が続き、レオンがじっとこっちを見てからきびすを返した。

何か言いたげな様子が気になったものの、引き留めていいのかためらっているうちに美形集団が視界から完全に消える。

樹里が大きなため息をついた。

「は～、びっくりした。生ヴァレンバーグ監督と話せたばかりかタイプの違う美男たちで目の保養ができて、秘密主義な弥洋の想い人まで知るなんてね。盛りだくさんすぎてもうおなかいっぱい、早く帰って優太に話したいよ～」

残された微妙な空気など一掃するテンションでそんなことを言い、カクテルの残りを一気に飲み干す。

「樹里、俺が同性を好きだって知っても全然驚かないのな」

残りのカクテルを口に運びながら弥洋が呟くと、けろりと返される。

「ファッション業界ではよく聞くし、わたしそういうのどうでもいいって思ってるから。人を好きになるのに男も女も関係なくない？」

「そういう考え方してる人ばかりだったらいいけど、日本だとまだ偏見の目が多いよね」

「そうねー。悪意はなくても関心もたれすぎたりね。特別視してる時点でそれも一種の差別なんだけどね」

「もっと『当たり前』になったらいいのにな」

「ほんとにね。同性が好きだっていうのが商品価値になったり、逆にバレたら仕事ができなくなったりするのってなんなのかなーって思う。他人の恋愛対象なんてどうでもよくない？ところで飲み終わった？」

口調を変えずに話を変えてくる樹里に喉を通ったばかりのカクテルでむせそうになったけれど、なんとか飲みこんで頷いた。

バーラウンジを出て間もなく、弥洋の私用スマホにメッセージが届いた。――レオンからだ。

『今夜会いたい。何時でもいいから来て』

いつもの『来てくれる？』とは違う、どこか余裕のない文面に戸惑うものの、別れ際の様子が気になっていた弥洋はＯＫの返事を送る。

男としては夜道を一人で帰すわけにはいかないと樹里をマンションまで送り届けて、すぐに『ホテル　サガミ』に取って返した。メッセージをもらってから三十分もせずにエグゼクティブ・スイートのチャイムを押す。

「入って」

ドアを開けたレオンは挨拶もなく弥洋を促した。まったく笑わない彼に戸惑いながらも足を踏み入れるなり、背中から抱きしめられて心臓が跳ねる。

「レオン……っ？」

「あまり待たされなくてよかった。彼女は寝つきがいいのかな」

一瞬何を言われてるかわからなかったものの、バーラウンジでの会話を思い出した。「スイレンは仕事？」と聞かれたときに曖昧に肯定したのだった。

樹里は本当はただの友達だし、ソフレとして寝かしつけてきたわけじゃないけれど、いまさら訂正するのもおかしい。頷いたら、体に回っている腕の力が強くなった。頭頂部に高い鼻先がうずめられる。

「僕以外の人には、どこまでしてあげるの？」

「どこまでって……？」

「一緒にバーにいたよね？　仲よく体を寄せて、きみはとてもリラックスしているようだった。彼女は常連客なのかな。こうやってきみを抱きしめたり、愛するのも許してるの？」

「ま、まさか」

「じゃあ、さっきのは？」

ここ、さわらせていたよね、と耳を長い指で弄られる。ぞくっとして小さく身を震わせながらも、いつのことを言っているのか気づいて答えた。

「あれは……、イヤーカフがずれてるのを直してもらっただけだし」

「それで、きみは彼女にさわられるのを当たり前のように受け入れるんだ？　誰にでもそんなに簡単にさわらせてるのなら、僕はおかしくなりそうだよ……」

切なげな低い呟きに、身内を甘苦しい喜びのようなものが貫いた。

（レオン、嫉妬してる……？）

もっと聞かせてほしい、もっと妬（や）いてほしい……そんな欲望にのまれそうになったものの、腹部に回っている手がきつく握りしめられ、血管が浮いているのに気づいて我に返る。

レオンはずっと睡蓮を恋人として求めてきた。それを睡蓮は——弥洋は、自分の都合で断り続けている。ただでさえ自己都合で振り回しているのに、これ以上の苦痛を与えるわけにはいかない。せめて樹里は客じゃないと告げなくては。

「……あのさ、そんなに心配しなくて大丈夫だから。説明を面倒くさがってちゃんと言わなかっただけで、さっきの彼女は本当は客じゃないんだ。ただの友達」

「友達……？」

戸惑ったように低く繰り返したレオンが、弥洋の頬を包みこむようにして横を向かせる。翳（かげ）りを帯びたブルーアイズと視線が絡んだ。

「僕、嘘（うそ）をつかれるのってすごく嫌いなんだ」

ぎくりとする。いままさに、弥洋は睡蓮という嘘の存在を作り出してここにいるから。

「いつもなら、信じていいのか相手の言葉を吟味するようにしてるんだけど……、きみに関してはぜんぶ本気にしたくなる……。でも、僕のものになってくれないきみを無条件に信じるのは愚かだとも思う自分もいて、不安と嫉妬を抑えきれずにいるんだ。……きみは僕に信じてほしい？」

頷くのは図々しい。わかっていても、弥洋の答えはひとつしかなかった。祈るような気持ちでこくりと頷くと、眉根を寄せたままながらもレオンが乱れる感情をのみこむように目を閉じた。

「わかった。努力する……」

どこまでやさしいんだろう。信じるに値するような情報を与えられない睡蓮なのに。彼の真摯な愛情に応えることもできない、嘘だけでできた人物なのに。

それほどまでに、レオンは「睡蓮」が好きなのだ。そう思うと、ぎゅうっと胸が締めつけられた。

睡蓮は自分じゃないけれど、自分だ。レオンが睡蓮をそこまで大事に想ってくれるなら、睡蓮として弥洋もレオンを精いっぱい大事にしたかった。恋人になる以外ならなんでもしてあげたいと思ったのは——思っているのは、嘘じゃない。

「……何をしたら、俺のこと信じられる？」

「え」

目を瞬くレオンのブルーアイズを見つめて、弥洋は決意をこめて伝える。

「あなたのものにはなれないけど、俺は俺なりにレオンが好きだし、あなたに嫌な思いをさせたくない。さっきの彼女は本当に友達だし、レオンが不安になったり心配したりする必要は何もないんだけど、そういうのってどうやったら証明できるかな」

「……証明してくれる気があるの？」

「方法があるなら」

ぎらり、と青い瞳が底光りした気がした。

「どんな方法でもいいの？」

不穏な問いかけに少したためらってから、頷く。

「ありがとう、可愛いひと。その言葉だけで十分……と言いたいところだけれど、自分で思う以上に僕は嫉妬深いみたいだ。本当に、きみの言葉に甘えていい？」

「うん。何したらいい……？」

「何もしなくていいよ。ただ、きみの体に僕のためだけの秘密を作らせてほしい」

「……？」

ひそやかな低い囁きの意味がよくわからずに戸惑うと、視線を合わせてレオンが微笑む。

そうして、弥洋のおなかに回していた腕をするりと下の方へとすべらせた。

平らな腹部、臍の上を撫で下ろした大きな手のひらが弥洋自身を包みこむ。びくりとした耳元でレオンが「秘密」の内容を明かした。

「ここ、剃らせて？」

「……っ⁉」

ぎょっとする弥洋のそこから手を離さず、レオンが低く続ける。

「きみのここを、僕以外の誰にも見せられないようにしておきたい。人前で脱げない体にしたいんだ。そうしてもいい……？」

やさしい声で、甘える口調でレオンはそんなことをねだる。恥ずかしすぎる要求に戸惑いはあったけれど、それで気が済むなら……と弥洋は思いきって頷いた。

「ありがとう、僕の睡蓮。愛してるよ」

ブルーアイズを満足げな笑みにとかして、レオンが弥洋を抱き上げる。驚きの声をあげる間もなくバスルームへと運ばれた。

いくら細身とはいえ成人男子を軽々と持ち上げる彼に驚くものの、そういえばいつも、イかされすぎて半ば気を失うようにして眠りに落ちてしまう弥洋をレオンはバスルームで清めてくれていた。

とはいえ、意識がクリアな状態で一緒にお風呂に入るのは初めてで、何度も全裸を見られているのに——それどころか体中でレオンが触れていない場所なんてないのに、ベッドルームとは違う気恥ずかしさを覚える。

「あ、あの……っ」

「しーっ、黙って。いま逆らわれたら、やさしくしてあげられないかもしれない」

声音はやさしいのに、そこに抑えこまれた不穏の気配を感じて弥洋は口を閉じる。レオンはいつだって穏やかで、声を荒らげることさえない。だけどそれは、自分の強さを十分にわかっている猛獣の余裕からくる穏やかさに似ている。

　猛獣と化した姿も見てみたい気もしたけれど、そんな姿を現さなくてもいい方が本人にも周りにもきっといい。眠れる獅子(しし)を眠ったままにしてあげるのも、おやすみヒツジならぬソフレの睡蓮の役割であり、愛情だ。

　羞恥をこらえて素直に服を脱がされ、一糸纏(まと)わぬ姿をレオンの前にさらす。うっとりと彼がため息をついた。

「美しいな……。きみは本当にすべてが好みすぎて、神様が僕のために作ってくださったんじゃないかと思ってしまう。ああ、隠そうとしないで。ぜんぶ見せて」

　さりげなく股間を隠そうとした手を捕まえられて、熱を湛えたブルーアイズで全身を眺め回された。視線で肌を灼(や)かれるようで、過敏にちりちりと反応する。

　触れられてもいないのに胸の小さな突起がきゅんと凝り、存在を主張した。

「……キスしたいな」

じっとそこを見つめての吐息混じりの呟きに、ずくんと胸と腰の奥がうずいた。

このままだと見られているだけで発情した恥ずかしい姿をさらしてしまう。一人だけ無防備なのも心許なくて、弥洋は捕えられていない方の手を伸ばしてレオンのシャツのボタンに触れた。緊張を隠して囁く。

「見てるだけ……？」

「まさか」

弥洋の手を取ったレオンが甲に口づけ、瞳を笑みにきらめかせた。

「僕の視線だけで反応してくれるようになったきみを目で味わうのも、至福の時間だけどね」

観察眼の鋭い彼はやはり体の反応を見逃してはくれていなかった。じわりと頬を熱くする弥洋を抱き寄せて、耳元に囁く。

「そのうち、僕に見られているだけでイけるようにしてあげたいな。僕がきみの名前を呼ぶだけでここが張りつめて、お尻がうずくようになったら最高だと思わないか」

「おもうわけ、ない……っ」

剝き出しになった無防備な果実、小さなお尻を両手で悪戯に嬲られて声を乱しながらも、赤くなってかぶりを振る。そんな体にされたら仕事どころか日常生活がままならないのに、彼なら本当にできてしまいそうな気がして鼓動が速くなる。

レオンが笑った。

「見解の相違はよくあることだし、ゆっくりすり合わせていこうね。ひとまずいまは、ここを僕のために変えてもらおう。この遠慮がちでやわらかな手触りも好きだけど、つるつるになったらもっと淫らで可愛いだろうな」

「……っ」

和毛を撫で回したあと、長い指を絡めてくいと軽く引っぱられる。本来他人の手で弄られることがないせいか、ぞくりとあやしい感覚が腰に響いた。なんとか平常時の状態を保っているけれど、もっと淡々としてくれないと本当に勃ってしまう。

「……あんまりのんびりしてたら、俺の気が変わるかもよ？」

急かしたら、くすりと彼が笑った。残りの衣服を脱いで、逞しい裸体を惜しげもなくさらしたレオンは赤と黒のボックスからシェービングフォームと剃刀を取り出す。

バスタブに腰かけて、弥洋を手招いた。

「おいで、僕の睡蓮」

緊張にドキドキしながらもレオンの前に立ったら、やさしい手でくるりと背中を向けさせられた。膝の上に抱き上げられる。

「う、後ろから……？」

「こっちの方がよく見えるだろう」

何が、と聞こうとして顔を正面に向けた弥洋は息を呑んだ。

バスルームの壁面の一部は、曇り止めを施された大きな鏡になっている。そこに生まれたままの姿の自分とレオンが、それはもうクリアに映っていた。

「レ、レオン……っ」

「見ていて、可愛いひと(ミニョン)。きみのここが僕だけのものになるのを」

動揺している弥洋と鏡ごしに目を合わせたレオンは、やさしくも揺るぎない声で命じる。

うう、と内心で羞恥にうめきながらも弥洋は観念した。

真っ白なシェービングフォームを手に取ったレオンがそれを淡い叢(くさむら)に塗りつける。ひんやりした感触にびくりとしたら、首のうしろになだめる口づけを落とされた。

「大丈夫、痛くも怖くもないよ」

背後で響く声、脚の間のとてもプライベートな場所全体にフォームを塗り広げられる感覚、背中に密着している体の硬さと体温。緊張しているせいか、五感がひどく過敏になっていた。

レオンが剃刀を手に取る。鼓動に合わせて体が震えるような気分で見つめていたら、目を上げたブルーアイズとバチッと鏡ごしに視線が合った。

「……っ」

「そうだ。見ているんだ、愛しいひと(モナムール)」

甘い、甘い囁きはまるで蜜のように耳を毒する。逆らえなくなってしまう。

しょり、とそこに当てられた剃刀が動くのと同時に、ホイップクリームのようになめらかなフォームにまみれた和毛が刈り取られる。息を詰めて見つめている鏡の中で、ゆっくりと、着実に、レオンの手がそこの姿を変えてゆく。

人体の急所、デリケートな場所に刃物を当てられているというのは本来なら怖いことだ。それなのに、どうしてか剃られるたびにぞくぞくしてしまう。誰にも許さない真似をレオンにだけは許していることによる気持ちの昂り（たかぶり）のせいだろうか。

丁寧にすべての作業を終えたレオンが、最後に温かなシャワーで弥洋の脚の間を流した。

「ん……っ」

なんとか剃毛（ていもう）中に反応するのは我慢できたものの、シャワーのぬるま湯の粒の刺激で過敏になっていた弥洋の果実はゆるゆると頭を擡（もた）げ始めてしまう。

広げさせられていた脚を慌てて閉じようとしたら、それより早く大きな手のひらでそこを握りこまれてしまった。ゆるゆると育てるように手を動かしながらレオンがこめかみにキスを落とす。

「きみは僕の恋人になるのをずっと拒んでいるけれど、とっくに僕のものだよね」

「え……？」

「ここに僕だけの秘密を作らせてくれるってことは、本当にきみは他の人に体を見せる気がないってことだ。僕だけが特別で、こんな無茶を願っても許されるのなら、きみは実質的に僕のものだろう」

「……っ」

自信たっぷりの断言を否定する言葉を弥洋は持たなかった。

レオンを元気づけたくて……自分の無実を証明したくてのんだ条件が、睡蓮には彼しかいないことを証明してしまった。

それでも頷くことはできなくて、往生際悪く目をそらして無言を貫いていたら、くすりと彼が笑った。

「いいよ、体で示してもらったから言葉がなくても当分は我慢できる。でも、ちゃんときみにも自覚できるように今度は僕の体でわからせてあげようね」

「え……」

戸惑いに目を瞬いた顔を横に向けさせられて、無防備に開いていた唇に深く口づけられる。すぐに入ってきた舌に舌を搦め捕られ、口内を愛撫されながら敏感な場所を煽りたてられた。

「んぅ、ん、んっふ……」

自身に完全に芯が通り、先端から蜜が漏れ始める。それを親指で過敏な先端にくるくると塗り広げるようにされると腰が震えた。このままだとあっけなくイかされてしまう。とっさにレオンの器用すぎる手を上から押さえると、重なった唇で彼が笑う気配がして、張りつめた場所から手をほどき——さらに奥へとすべらせた。

無毛になった場所の根元の袋をやわやわと弄び、会陰を伝い、ひっそりと息づく蕾に指先が触れる。軽く触れられただけで走った快感にびくっと跳ねた体をしっかりと抱きしめて、ぬるつく指でそこの周りを捏ね、小さな口を開かせる準備をさせる。

「んん……っ」

ひくつき始めた蕾にぬぷり、と長い指を押しこまれると、ぞくぞくと甘い痺れが腰全体に広がって自身の先端からとろりとさらに蜜が溢れた。茎を伝った雫はこれまでのように下生えに邪魔されることなく大きな手を濡らす。

ふ、と笑ったレオンが口許で囁いた。

「可愛いな……。お尻、気持ちよさそうだね？」

「……あなたの、せい……っ」

乱れる息の合間に頰を染めて恨みがましい目を向けると、間近にある美貌が満足げににっこりする。

「ああ、僕のせいだ。愛しいきみがこの美しい体を与えてくれたばかりか、僕のためにこんなに感じやすく変わってくれたのが幸せで、どうにかなりそうだ。愛してるよ、僕だけの美しい睡蓮」

再び口づけられ、淫らな水音をたてながらあらぬところを彼を受け入れるための器官に変えられる。さわられてもいないのに張りつめきった前は抜き差しされるたびに雫をこぼし、レオンの手を助ける。

増やされた指で小さな口を広げられるのも、充血して過敏になった内壁をかき混ぜられるのも気持ちよくて、そのうち指だけでは足りないといわんばかりにきゅうきゅうと奥がうずき始めた。腰に当たるレオンもすでに熱くて硬く、渇望が募る。

「レ、オン……っ、もう……っ」

「僕のがほしい？」

心の奥底まで見透かしてしまいそうな深い青色の瞳で見つめて問われたら、くらりとめまいを覚えて操られるように頷いてしまう。形のよい唇が魅惑的に淫らな弧を描いた。

「いいよ。自分で食べてごらん」

「じ、自分で……？」

「そう(ウィ)」

額を合わせたレオンが、甘い声でねだる。

「きみの愛らしいここで、僕のをのみこんでゆくところを見せて。……さあ、どうぞ」

召し上がれ(ボナペティ)、と囁かれた弥洋は、強く押しつけられた生々しい熱さにぞくりと体を震わせる。ちらりと見ると、レオンのものは完全に臨戦態勢で圧倒的な質量、先端を濡らした淫らな威容にごくりと喉が鳴った。

ただ、すぐ目の前に鏡がある状態で、バスタブの縁に腰かけているレオンに乗るのは相当羞恥を煽られた。

「レオンの顔、見える方がいいんだけど……」

「鏡で見えるよ」

婉曲に向かい合わせがいいと訴えてみたところでにっこり返されて、その笑みが絶対に引く気がないときのものだと知る弥洋はこれ以上の抵抗を断念する。

背中からレオンの膝に抱かれたまま、つま先を床につけて、力が入らない脚を支えてくれる逞しい手の助けを借りて腰を上げる。ほころばされた蕾にヒタリと熱を宛がわれると、早く奥まで欲しい気持ちと、初めて自ら受け入れるためらいとがないまぜになって鼓動と呼吸が乱れた。

鏡の「睡蓮」が目に入る。グレーのカラコンが入った印象的な瞳は欲情に濡れ、キスに染まった唇を物欲しげに開き、全身を淡く上気させて感じやすい場所を上も下もこれ見よがしに勃たせている。

とっさに目をそらすと、大きな手であごを摑まれて鏡の方を向かされた。

「ちゃんと見ていて。僕を欲しがっているきみはこんなにも艶めかしく、淫らで、美しい。きみは僕のものだ。理解して」

どくん、と大きく鼓動が響く。低くて甘い声の呪文に感応して、心ごと囚われてしまったかのように。

鏡の向こうからしどけない男が見返してくる。

「こん、なの……、俺じゃない……」

「いいや。これもきみだよ、愛しいひと(モナムール)」

囁いたレオンが耳にキスしてくる。ぞくぞくしながらも弥洋は内心でかぶりを振った。

こんなのは自分じゃない。弥洋の知る自分はこんなにいやらしくも、男の劣情を煽るあでやかさもない。なのに、元は同一人物のはずの睡蓮にはどうしてかそれがある。

この男なら、レオンを虜(とりこ)にしていてもおかしくない気がしてしまう。

「ん……っ」

ふいに大胆な気分になって宛がわれた熱根へと腰を落とすと、強い圧迫感と共にたっぷりとした先端が押し入ってきた。広げられるのも、粘膜を灼(や)く熱さも気持ちよくて、大きく熱い息をついた弥洋はもっと奥へと迎え入れようとさらに腰を沈める。

「ん、くぅ……、は、ぁあー……っ」

中から押し出されるように濡れた声が口から溢れ、ずぷん、と最奥まで満たされると同時に軽く達して先端から蜜が滴(したた)った。

はあ、と艶めかしい吐息をついてレオンが弥洋の達したばかりで震えている果実を指で嬲る。

「素晴らしいね。ここ、さわってあげなくても僕のを挿(い)れるだけで出ちゃうようになったんだ?」

「あっ、うぁっ、や、いま、さわんないで……っ」

「ん……、なか、びくびくするね。動かなくてもすごく気持ちいいよ」

「レオン……っ」

泣き声混じりで呼ぶと、熱い息をついた彼がそこから手を離して、代わりに弥洋の両膝を抱え上げた。

「前、さわられるのが嫌なら中だけ愛してあげる。……もっとイって見せて」

甘く囁くと同時に力強い腕で体ごと揺さぶられて、容赦のない悦楽を与えられて目の前で星が散る。感じ入った嬌声（きょうせい）が止めようもなく溢れ、熟れきった粘膜を捏ねられる淫らな水音と混じりあって湯気のこもりはじめたバスルームに反響する。

目の前の鏡に映る姿で、体感だけでなく視覚を通じて脳まで犯された。

だらしなく蜜を滴らせている自身が抽送に合わせて揺れるのも、その奥で太いものが出し入れされているのも、淫らに喘（あえ）ぐ自分の顔も、眉根を寄せて弥洋を堪能（たんのう）している色っぽいレオンの表情も、なにもかもに煽られる。

「ああっ、やぁっ、だめ、レオン、そこばっか……っ」

「嘘（うそ）は駄目だよ、愛しいひと（モナムール）。ここ、強くされるの好きなくせに」

ごりっと弱いところを抉（えぐ）る動きを繰り返されて、とめどなく先端から蜜が滴る。中が痙攣（けいれん）しながらうねり、深い悦楽が迫ってくるのを感じる。それを確実に手に入れる方法を、弥洋はとっくにレオンから教えられていた。

「ああっ、もっと、奥……っ、レオンので、奥、してぇ……っ」

ほとんど無意識の懇願にレオンが唇の端を引き上げる。

「いいよ」

ぐいと弥洋の体を抱き上げたと思ったら、鏡に両手をつかせた。全然力の入らなくなった脚の代わりに逞しい腕と深く穿たれた熱杭で腰を支えられる。

「こっちの方が、奥までいっぱい突いてあげられる。……そうしてほしい？」

「ん……っ」

背中に厚い胸を重ねて囁かれ、恥ずかしげもなく頷いてしまう。

レオンが首筋にキスしてきた。ぞくぞくと震えている弥洋を悦楽の海に溺れさせるべく、大きなストロークで深い抽送を始める。

「きみが……っ、奥まで、愛されるのを好きになってくれて、本当にうれしい。こんなところ、僕しか、届かないだろう……っ？」

腰を送り込みながらの問いに返事はできなかった。最初の数回の突きであっけなく達してしまったのに、レオンが動きを止めてくれなかったせいだ。

「ひあっ、やぁっ、も、イってる、のに……っ」

「ああ……、イきながら中をこすられるの、気持ちいいね？　ほら、ずっと出てる」

吐精したあとも突かれるたびにたらたらと蜜を溢れさせている果実を手のひらで包みこまれて、悲鳴まがいの声があがる。

「やめ……っ、もう、おかしくなる……っ」

「なればいいよ。僕だけに溺れればいい」

中からも外からも容赦のない快楽を与えられて、目の前が激しくハレーションを起こした。達してもなお吐精を促され続けているそこがおかしくなる。きゅうっと下腹部に何かが押し迫ってくる。もう出すものなんてないのに。

「とまって、やめて、そこっ、もう……ッ」

「ン……、びくびくして、中もすごいね。いいよ、出してごらん」

「ちが……っ、もう出ない……っ」

「出せるよ。ほら」

懸命に訴えたのに聞いてもらえなかった。泣きどころを強く抉りながら奥の奥まで突き上げられ、止めようもなくレオンの手の中のものが精ではないものを噴く。

「ひ、ぅ……っ、ごめ……っなさ……っ」

何が起きたのか理解できないまま、衝撃と動揺にぐすぐすと泣きながら謝る弥洋の耳にキスを落としてレオンが荒れた息の合間に囁く。

「泣かないで、可愛い(シェリ)ひと。謝ることもない。むしろ、僕が謝らなければ」

「……？」

「まだ、終わってあげる気はないからね」

ひくっと息を呑んで目を瞠った弥洋の濡れた目許をレオンが舐めた。間近で視線が絡む。

燃えたつブルーアイズ。捕食者の――絶対王者の瞳だ。

逆らえないし、逃げられない。彼に逃がす気がないから。

そのことになぜか不思議な安堵を覚え、弥洋はすべてをレオンに明け渡すことを受け入れた。

降伏と受容を表情から正確に受け取ったレオンが満足の笑みを浮かべ、深く唇を割ってくる。口内も内壁も奥まで支配される。それが気持ちよくてたまらない。

がつがつと穿たれて、溺れるほどの快楽にまともに息もできなくなった。

「このまま、出すよ……っ？」

荒い息の合間に通告されてがくがくと頷くと、ひときわ強く突き上げられた。ぶわっと最奥で熱が広がるのと同時に、ふわりと体が軽くなった気がした。

そのまま意識を手放してしまいそうだったのに、感じやすい胸の突起をぎゅっとひねられ、首の後ろを噛まれて、痛みを伴った快感に強引に引き戻される。

息が乱れすぎていて声も出せないまま鏡に映るレオンを涙にかすむ瞳で見上げると、それはそれは美しくも獰猛な笑みを彼が見せる。

「まだだよ、僕の美しい睡蓮（ネニュファール）。きみはもっと僕に溺れなくてはね」

「……っ」

もう無理、と訴えることも、これ以上？　と聞くこともできないまま、ベッドルームに運ばれる。

延々と彼に溺れさせられる夜がいつ終わるのか、弥洋には知る由（よし）もなかった。

【5】

全身に残る倦怠感を意思の力で無視して、弥洋はエクゼクティブ・スイートの前で背筋を伸ばした。一見いつもどおりだけれど、眼鏡の奥では泣かされすぎた名残で目尻が赤くなっている。

（レオン、これまでは手加減してくれてたんだな……）

これまでは一晩につき一回——ただしレオンの——で帰してくれていたから、ここまで足腰に影響はなかった。

しかしゆうべは何回も中に出されて、イきっぱなしにされた。おかげで後半の記憶が曖昧なのだけれど、弥洋が意識を取り戻したのは数時間前だ。

レオンの腕の中ではれぼったいまぶたをなんとか開けた弥洋は、カーテンの隙間から白々と明けてゆく空に気づいてぎょっとした。時計を見ると午前五時すぎ、「ハスミ」としてここに立つまであと三時間もない。

そろりと抜け出そうとすると、うなり声を漏らしたレオンが背中から弥洋の体に回している腕できつく抱き寄せた。密着しているお互いの体はさらりとしていて、気を失っている間に彼がお風呂に入れてくれたのがわかる。感謝した矢先、大きく目を見開いた。

(は、はいって、る……!?)

あらぬところに違和感があるのはゆうべの名残だと思っていたけれど、身じろいだときにそうじゃない感覚があった。お風呂に入ったあと、レオンはやわらかくなっている弥洋のそこに自身を収めてから眠りについたのだ。そのせいでベッドから出る前にレオンを自力で抜かないといけないミッションが発生してしまった。

通常時でもレオンのものは大きい。そのうえさんざん蹂躙(じゅうりん)された弥洋の粘膜は過敏になっている。少し腰を引いたら、ずず……っと出てゆく感覚に声が漏れそうになって慌てて口許を押さえた。

「……レオンの、馬鹿……!」

思わず漏れた恨みがましい声はかすれきっている。それほどあえがされたのだ、と頬を熱くしている弥洋の背後でくくっと笑う気配がして、首のうしろに口づけられた。

「ごめんね。でも、きみはいつもこっそり帰ってしまうからわかるようにしておきたくて。おはよう、僕の睡蓮(ネニュファール)」

上機嫌に囁いたレオンが、せっかく引いた腰をもう一度抱き寄せる。ずぷ、と押しこまれたもののサイズと硬度が少し増した。

「ちょ……っ、お、大きくしないで……っ。俺、もう帰らないとだし！」

「うん、わかってるよ。体はつらくない？」

寝乱れていつも以上に奔放な弥洋のふわふわの髪に高い鼻先をうずめたレオンは、腰を密着させてはいるものの動かそうとはしない。

少しほっとして、弥洋は問いに答えるべく意識を自分の体に向けた。あらぬところにレオンを挿入されたままではかなり難しいけれど、できるだけ客観的に判断する。

股関節がギシギシしている感じがして、皮膚の薄いところがあちこち過敏になっていて、だるさはある。でも熱はなさそうだ。喉は嗄れていても話せないほどじゃない。

「とりあえず、大丈夫そう」

報告したらレオンがほっとしたように息をついて、弥洋の平らなおなかを撫でた。

「よかった。ゆうべは少し無理をさせてしまったからね。今日はこのまま泊まって、僕と一緒に朝ごはんを食べよう？　このホテルの朝食は絶品だよ」

「無理だよ。帰らないと」

「帰したくないな……帰れなくしてしまおうか。きみは僕のものだって、もう一回わかってもらった方がいい？」

ぐっと腰を押しつけられて、埋めこまれたものが中でさらに育ち始める。

「だ、駄目だって……！　このまま続けたら、俺、もうレオンの指名受けないからね⁉」

とっさに出た脅しに、ぴたりとレオンの動きが止まった。はあ、と大きなため息をつかれる。

「仕方ないな……。カードはきみの手の中にあるからね」

「カード？」

「この遊びを続けるカードだよ、可愛いひと」

剝き出しの肩やうなじをかじりながらの囁きにどきりとする。弥洋次第でこの関係はどうとでも変わる、と彼は言っているのだ。

付き合うも離れるも、弥洋の心ひとつ。——いや、正しくは睡蓮の、だ。そして架空の人物である睡蓮は、どれほどレオンを好きで、自分が彼のものだと自覚していても、現実の恋人という幸せを摑めない。

そっとため息をついて、弥洋は体に回っている腕を撫でて本心を告げた。

「あなたが俺に飽きるまでは付き合うよ」

「飽きるわけがない。きみは僕の愛情を軽く見すぎだ」

「……俺のことをろくに知らないくせに、よく言うよね」

「きみが教えてくれないからだろう」

責めるように首筋への甘噛みを強められて、「ん……っ」と声が漏れてしまう。また少し、中のレオンが大きくなった気がして弥洋は焦った。このまま入れっぱなしにしていたら絶対にまずいことになる。

「抜いて、レオン」

「嫌だと言ったら？」

「……カードは俺の手の中にあるって言わなかった？」

言外の脅しにレオンが嘆息した。

「仰せのままに、我が君。カードの切り方をすぐ覚えるあたり、きみは有能すぎるな」

「それはどうも……っ……」

ずるり、と一気に引き抜かれて漏れそうになった甘い声をなんとかのみこむ。息をついた弥洋の無毛の下肢をレオンが指先で撫でた。

「いまは我慢するから、また今夜おいで。ここの手入れもしてあげよう」

「手入れって……」

「こまめに剃らないとちくちくするだろう？」

「……俺、ずっと剃られないといけないの？」

「きみが嫌なら無理にとは言わないけれど、僕のことを少しでも想ってくれているならやらせてほしい。僕にされるのが嫌なら、きみが自分で剃って見せてくれてもいいし」

「やだよ……」

「じゃあ僕にやらせてくれるね？」

にっこりするレオンに、弥洋はいまさらのように彼の作戦勝ちを理解する。あきらめて頷いたら「ありがとう」と抱きしめられた。

（ゆうべの時点で、どこまで狙ってたんだかなあ……）

もはや失った毛は戻らないけれど、レオンは弥洋の下肢を他人に見せられない状態にしたばかりか、頻繁に彼にそこを見せる要求を通しやすくしたのだ。手ずから処理することでレオンは弥洋の浮気チェックができるし、ついでに「準備」してベッドに直行するのも自然な流れだ。

ふらつく脚を心配したレオンが呼んでくれたタクシーで帰宅し、ベッドに倒れこんでアラームが鳴るまで気を失うように眠った。

起床後は「ハスミ」に戻るのに大わらわだった。熱いシャワーでしっかり目を覚まし、好き放題にうねっている髪はヘアアイロンでまっすぐにして撫でつける。泣かされすぎてはれぼったくなったまぶたは温タオルと冷タオルを交互に当ててケアしたあと眼鏡で隠し、ホテルを定宿にしている舞台人御用達の恐ろしいほどよく効く漢方のど飴で嗄れた喉を復活させた。

ぴしりとバトラーの制服を身に着ければ、体のあちこちに残る違和感とだるさを除いて完璧にいつもどおりだ。

（体を鍛えててよかった）

マスターのためにモーニングティーを淹れながら弥洋はしみじみと思う。

大柄なレオンにがっつり、長時間抱かれたのになんとか寝こまずにすんだのは、細身ながらもきちんと筋肉のついている体と人よりある体力のおかげに違いない。

ホテルスタッフは優雅に見えて精神力も体力もいるし、特にバトラーはマスターと客室で二人きりになるぶん身の危険と隣り合わせだ。選ばれるのに護身術ができるのが必要条件になっているから、弥洋はマイ・バトラーを目指し始めたときからマーシャルアーツを習っている。おかげで入社当時より筋肉と体力がつき、身のこなしも重心が安定した。この体でなかったらゆうべの激しいまぐわいで歩けなくされていたに違いない。

(……いや、朝の一回を免除してもらえたのも大きいな)

「帰れなくしてしまおうか」と囁いたレオンがあのとき素直に抜いてくれなかったら、さすがに動けなくなっていた。いまでさえギリギリなのだから。

(体力ありすぎだよね)

抱く側と抱かれる側では負担に差があるとはいえ、モーニングティーを持ってきた弥洋が目にしたマスターの寝顔は満足げで、ゆうべの荒淫の名残などいっさい感じさせない血色のよさ。眠っていても溢れるバイタリティに思わず嘆息する。と、その小さな吐息を聞きつけたかのようにぴくりと長いまつげが震え、ゆっくりと美しい瞳が現れた。

弥洋の姿を認めた彼がとろりと笑う。

「おはよう、僕の花（フルール）」

どくん、と鼓動が強く打つ。その呼びかけは「ハスミ」に向けられないものだけれど、寝起きがよくないレオンは寝ぼけているのだろう。

内心でどぎまぎしながらも弥洋は落ち着き払った笑みと挨拶を返した。

「おはようございます、レオン様。どなたかと間違われているようですよ」

「……ああ、きみはハスミだった。すまない、うっかりした」

「お気になさらず。お茶を飲まれますか」

「うん、ありがとう」

彼が紅茶を飲んでいる間に無事平常心を取り戻した弥洋は、ベッドから起き出したレオンにガウンを着せかけようとして大きく目を見開いた。

「す、すみません……っ」

「うん？」

とっさに出た謝罪にレオンが軽く首をかしげて振り返る。

彼の広くて逞しい背中には、無数の爪痕が残っていた。昨日の朝まではなかったから、間違いなくゆうべの弥洋がつけたものだ。

とはいえ、「睡蓮」のしたことを「ハスミ」が謝るのはおかしい。うっかり出た謝罪をなんとかごまかそうと弥洋は目を泳がせながら言葉を探した。

「……今日のお茶は、少し渋くなっていた気がしまして……」

「いつもどおり美味しかったよ？」

首をかしげているレオンに思いきって視線を戻す。できるだけ泰然とした態度を意識して口を開いた。

「あと、レオン様のお背中の手当てをさせていただきたく……」

言いながらじわりと頬が熱くなったら、目を瞬いたレオンがふっと相好を崩した。

「夜の勲章に照れるなんて意外と初心だね、ハスミ」

「照れてなどいません」

「そう？」

こちらを眺める眼差しがひどく甘く見える気がしたけれど、きっと気のせいだ。数回の深呼吸で自分を落ち着かせた弥洋は、ひとまずガウンを羽織らせてから備え付けのメディカルボックスを取り出した。

「こちらへどうぞ」

素直にベッドに腰かけたレオンがガウンの上だけをはだけて背中を晒す。

いつもは意識しすぎないためにも視線をずらすようにしているし、睡蓮のときも彼の愛撫に翻弄されてばかりで余裕がないから、こうしてじっくりレオンの背中を見るのは初めてだ。

広く頼もしい背中は腰に向かって見事に逆三角形を描いて引き締まっていて、爪痕が痛々しいのにやけに似合っていてドキドキする。

「消毒します。少し沁みるかもしれませんが、我慢してくださいね」

「ああ」

コットンを消毒薬で湿らせてそっと患部に当てる。冷たさからかぴくりと筋肉が少しだけ動いたものの、レオンはおとなしくされるがままだ。

普段から爪を短く整えているから血が滲んでいるところはほとんどないけれど、無数のみみずばれに申し訳なさが募った。

(爪、もっと短く整えないと……)

内心で反省しながら丁寧に手当てをしていると、レオンが笑みを含んだ声でからかってきた。

「ハスミの手がやさしすぎて、愛撫されてるような気分になるな」

「……何をおっしゃっているんですか。一歩間違えたらセクハラ発言ですよ」

「まだ間違えてないかな?」

「どうでしょう」

「間違えていたらごめん。僕はきみに嫌われたくない」

「……嫌いになどなりません。私はあなたの作品のファンですから」

無自覚に思わせぶりなレオンにそれらしい理由を添えて本心を伝える。

「作品と作り手は別物だろう?」

「そう思うこともありますし、そうでないこともあります。それより、痛みはどのくらいありますか? 冷やした方がいいかもしれませんね。湿布をご用意しましょうか」

「いや、いらないよ。大して痛くないし、愛しいひとが我を忘れるほど感じてくれた証だと思えば痛みすら誇らしいくらいだ」

「……やっぱり痛いんじゃないですか」

「少しだけだよ」

肩越しにレオンが振り返り、不意打ちで表情を取り繕えなかった弥洋の顔に何を見たのかふっと目を細める。

「それも幸せだから、そんな顔をしてくれなくても大丈夫だよ」

「……わかりました。差し出がましいことを言ってすみません」

「いや、ハスミのそういうところが僕は大好きだよ」

さらりと出た「大好き」は間違いなく友愛の気持ちだ。それでも胸が鳴ってしまうし、うれしくなってしまう。

(ほんと、罪作りな人だよな……)

「睡蓮」が好きならただのホテルスタッフに思わせぶりな態度をとるのはやめてほしいけれど、レオンの態度は最初から変わらないからこれが彼の「普通」なのだろう。彼を好きな弥洋が勝手に意識してしまうのがいけない。

手当てを終えたあとは、いつものように着替えを手伝って朝食をサーブした。

ゆうべの名残で腰がだるいのも、歩き方がぎこちなくなってしまいそうなのも、動きに気をつけて徹底的に隠す。うっかり出てきそうなあくびもすべてかみ殺した。

朝食後、マスターから初めてのリクエストがきた。

「資料用に見たい映画があるんだけど、手配してもらえるかな」

「もちろんです」

挙げられたタイトルはふたつ、どちらも古いドイツ映画だ。そのうち一作はホテル内のライブラリーにＤＶＤがあった。もう一作もネット検索をしたら近くのレンタルショップに置いてあるのがわかり、簡単に入手することができた。

「オーディオルームをご利用になりますか」

「いや、ここで見るよ。飲み物と軽い食べ物があればいいかな」

レオンの希望を聞いて保冷容器にたっぷりのアイスティーとサンドイッチ、ベリーのジャムとクロテッドクリームを添えたスコーンのルームサービスを手配する。ソファに座ったまま利用できるようにボックスティッシュやゴミ箱、軽食用のお手拭き、筆記用具などの配置を変えて、快適に映画を見られる環境を整えた。

準備万端になったところで「どちらからご覧になりますか」と確認したら、「ハスミがおもしろそうだと思った方で」と適当な選び方をされた。

最終的にどちらも見終わっていればいいのだろうけれど、資料なら見る順番も考えた方がいいのでは……と思いながらも寝不足で頭がいつもほど回らない弥洋は片方を選んでＤＶＤプレイヤーにセットする。

リモコンを渡したら、レオンがぽんぽんとソファの隣を軽くたたいて示した。

「ハスミも付き合って」

「は」

「一人で見たい気分じゃないんだ。座って」

「……それはマスターとしてのご命令ですか？」

「そう思ってくれてもかまわない」

にっこり、笑顔で肯定されたら従うしかない。

睡蓮のときよりも距離をとって腰かけたら、さっそくレオンがＤＶＤを再生した。モノクロの画面と少しこもったようなノイズ混じりのレトロな音楽が流れる。

古いドイツ映画はベルギー人のレオンは原語で見られるけれど、弥洋には難易度が高い。どれほど映像が綺麗でも静かに進む物語と共に眠気を誘う。

（仕事中に寝ちゃ駄目だ……！）

ぐらぐらしそうな体をなんとか姿勢よく起こし、懸命に眠気と戦う。しかしゆうべの名残で全身がだるいうえに寝不足では、勝ち目などなかった。とぎれとぎれの意識が気づかないうちに闇に沈む。

ふっと目が覚めたら、レオンのしっかりした肩にもたれていた。

状況をすぐには理解できずに弥洋は眼鏡の奥でゆっくりと目を瞬く。

見慣れたスイートルームのリビング、手つかずの軽食、テーブルの向こうのテレビが映しているのはとっくに終わっているモノクロ映画。

いつしか慣れたレオンの感触と香りに安心して肩に頬をすり寄せようとした矢先、眼鏡のフレームがこめかみに食いこんではっとした。

いまは「睡蓮」じゃない、バトラーの「ハスミ」だ。仕事中にすっかり眠りこんでしまうなんてありえない失態だ。

がばっと体を起こそうとした弥洋は、頭のてっぺんに触れているのがレオンの頬らしいと気づいて固まる。聞こえるのはすこやかな寝息、レオンも映画を見ている途中で寝てしまったようだ。

（珍しい……）

弥洋が知るレオンは昼寝をしたことがない。驚くものの、睡蓮を延々と抱いていたレオンもゆうべはたっぷり運動しているし睡眠時間が短い。映画を見ているうちについうたたねをしても仕方がないだろう。

マスターが眠ったのが自分より先なのか後なのかが気になったものの、もはや知りようはないし、疲れているのなら起こすべきじゃない。

レオンとぴったり寄り添ったままの姿勢でこれからどうするか思考を巡らせた弥洋は、はたと気づいた。

昼寝のおかげでずいぶん体調がよくなっている。ぐっすり眠れたのか頭はクリアだし、体に残っていた倦怠感も減っている。

（これなら、いつもどおりにお仕えできそうだ）

内心でほっとして、そうっとレオンの腕の中から抜け出そうとする。けれども眠っているレオンは抱き枕が離れることに不満げなうなり声を漏らして弥洋の腰に回した腕の力を強め、ずしりと体重をかけてきた。

「……っ」

レオン様、と呼びかける間もなく弥洋の上に大きくて重たい体が重なり、支えきれずにソファの上で押し倒される。みぞおちのあたりに頭をのせたレオンは眠っていても満足げで、完全に身動きができなくなった。

「レオン様、このままだと仕事ができないのですが……」

そっと肩を揺すってみても反応はなく、細い腰をしっかりホールドしたままレオンは寝こけている。何度呼びかけても同じで、とうとう弥洋は高い天井を仰いで嘆息した。

「朝の方がまだ寝起きがいいじゃないですか」

やたらと色っぽくても、睡蓮と会うまでは冗談でキスをねだってきていても、朝のレオンは数回呼びかけたらちゃんと目を開けてくれていた。それがいまは全然起きる気配がない。

少し考えて、弥洋はスマホのアラームをセットした。

映画を二本見るつもりだったということは、その間は他の仕事を入れていないということだ。つまり、映画二本ぶんを見終える時刻までは寝かせてあげられる。ＤＶＤをセットしたのは弥洋だから開始時刻は覚えていた。

レオンの下に閉じ込められたままの状態でスマホで可能な限りの仕事を終えたあとは、彼の敷布団としての役割をまっとうすることにした。手持ち無沙汰ではあるものの本調子じゃない体を休められるのはありがたい。

ときおりうとうとしながら三十分ほどがたったところで、腹部でレオンが身じろぐ気配がした。機会を逃さずに弥洋はマスターの肩を軽く揺する。

「レオン様、そろそろ起きられた方がいいのでは」

「んん……」

小さくうなったレオンが目を開ける。弥洋の体に重なったまま大きく伸びをした。

「よく眠れる映画だったねえ」

おなかに寝そべったままにっこりする彼に弥洋は目を瞬く。

「……資料っておっしゃってましたよね？」

「うん。眠くなる映画の資料。作中で流す映像の参考になりそうだ」

「もう一本ありますが」

「あれも候補。でも一本でこと足りたね」

さらりと言ってレオンが体を起こす。差し出された手に助け起こしてもらいながら、なんとも複雑な気分になった。

体調不良は出さなかったつもりだけれど、監督という職業がらかレオンは観察眼が鋭い。眠くなる映画は本当は資料ではなかったんじゃないだろうか。

（ますます好きになるからやめてほしい……）

レオンが「ハスミ」じゃなく「睡蓮」を好きだと知っているだけに、やさしくされると困る。両想いでありながらどうしようもなく片想いで、途方に暮れるしかない。

夕方、打ち合わせのためにブルーノがやってきた。薄いノート型パソコンとファイルをテーブルに置くなり、仕事とは関係ない一枚の紙をレオンに渡す。

「明後日（あさって）、花火大会があるらしいぞ！」

「へえ？」

「ニッポンの夏デートの定番ってことだし、レオンも行ったらどうだ？　例のオリエンタル美人、スイレンとはうまくいってるんだろう？」

第二の自分の名を出されて紅茶を淹(い)れる手が少し動揺したものの、弥洋は落ち着き払った顔でこっそり聞き耳を立てる。盗み聞きなど行儀が悪いがスルーできない。

興味深そうに花火大会のチラシを眺めながらレオンが頷いた。

「うまくいっている、と思う。恋人にはなってくれないけどね」

「は……⁉ しょっちゅう一緒に出かけてるっぽいのに恋人じゃないのか？」

「僕は彼を恋人にしたいんだが、頷いてもらえないんだ」

「どうして⁉ 彼は我らが王様の何がご不満だ？」

「それについては僕の努力不足としか言いようがないな。もともと仕事で僕のところに来てくれた彼に、仕事を越えて付き合ってほしいと懸命に口説いているところだから」

「仕事で会ったって……日本で？ 俺は知らないけど？ そもそもどうやって知り合ったんだ？」

見るからにクエスチョンマークが頭の周りにいっぱい飛んでいるブルーノに、レオンはごくあっさりした口調で「僕が落ち込んでいる日にハスミが抱き枕代わりのサービスをしてくれる人を呼んでくれたんだ」と説明する。ブルーノがぽかんとした。

「摩訶(まか)不思議なサービスが日本にはあるな……！ ハスミが手配してくれたのなら大丈夫だとは思うが、気をつけろよ」

「うん？」

「あんまり顔出ししないせいでレオンのプライベート情報の価値が上がってるのは知ってるだろう？　身元が曖昧なやつは疑った方がいいと思うぞ。きみは人がいいから」

心配そうなマネージャーの言い分はもっともだ。弥洋だって睡蓮が自分じゃなければ同じアドバイスをする。

ふ、とレオンがどこか翳りのある笑みを見せた。

「僕は善良な人間でいたいと思っているけど、きみが思っているほどお人好しでもないよ」

「そうか……？」

あまり納得できていない様子のブルーノを気にせず、レオンが弥洋を振り返る。

「ハスミ、ユカタが欲しい」

「……花火大会用ですね？」

「うん。スイレンのぶんとあわせて二着、レンタルじゃなくて新品がいいな」

「かしこまりました。のちほどカタログを持ってまいります」

「恋する男は友人の忠告など聞かないもんだね」

肩をすくめてぐるりと茶色の目を回すブルーノに、レオンが片眉を上げる。

「聞いたから『ニッポンの夏デートの定番』に誘うんだよ？　きみだって、僕がスイレンをデートに誘うようにこのチラシを持ってきたんだろう？」

「まあね。だが、スイレンが仕事としてレオンに会ってるのならフラれる可能性もあるんだろう？」

「どうかな」

ふふ、と笑うレオンは余裕たっぷりだ。実際、剃毛を受け入れている時点で大抵のことはそれよりハードルが低い。

打ち合わせが長引きそうだからと浴衣選びを先にしたレオンに「今日はもう終わっていいよ」をもらい、浴衣と小物一式の手配を終えた弥洋はその日の仕事を終えた。

ホテルを出る前にプライベート用スマホをチェックすると、花火大会デートのお誘いメッセージが届いていた。

無意識に唇をほころばせて弥洋はＯＫの返事を送る。浴衣一式のプレゼントをこっそり用意されているのを知っていて断れるはずがないし、素直にデートは楽しみだ。

いつまで「睡蓮」として求めてもらえるかわからないからこそ、レオンとの時間はすべて大事にしたかった。

【6】

花火大会当日は朝から晴天だった。

睡蓮との浴衣デートが控えているレオンは一日中ご機嫌で、バトラーとして仕えながらも弥洋までわくわくそわそわしてしまう。態度に出さないように気をつけるのも大変だ。

手配した浴衣一式は無事に届いており、夕方、弥洋はマスターにそれを着付けた。

伝統的に男性用は地味な色柄が多いけれど、普段和服を着ない層に洋服感覚で着てもらおうという業界の努力でここ数年で驚くほど色柄も着こなしも自由になった。ガチガチの保守派は新しいデザインや着こなしを排斥したがるけれど、売れなければ業界そのものが廃れてしまうし、伝統を大事にしすぎて誰も受け継がなければ絶えてしまう。

レオンが選んだ浴衣は伝統的というには少々派手だけれど、華やかな美貌の持ち主である彼にはよく似合うものだった。

きりっとした黒地に切り絵風にデザインされた唐獅子牡丹が赤と黄の二色で大胆に染め抜かれた浴衣に、臙脂と渋い金の博多織の角帯を合わせる。

「どうかな？」

「とてもよくお似合いです」

心から答えると、うれしそうに笑ったレオンに抱きしめられた。

「レオン様……っ？」

「ありがとう、ハスミ。きみにそう言ってもらえると自信がつくよ」

「あなたはいつでも自信に満ち溢れているように見えますが」

「そうでもないよ。僕は繊細だから」

「ご自分で言うと繊細な印象が減りますよ」

ドキドキしながらも落ち着き払った口調を装って切り返すと、抱きしめられている体に振動が伝わってきた。レオンが笑っているのだ。

「きみは最近、歯に衣を着せなくなったよね」

はっとする。「睡蓮」のときに素でやりとりしているせいで、「ハスミ」になってもホテルスタッフとしてセーブすべきところからはみ出してしまうようになったに違いない。

「失礼いたしま……」

「怒ってないよ。むしろ喜んでるんだ。僕はずっと、ハスミともっと仲よくなりたいと思ってたから」

「友達のようにですか？　それは私の立場上不適切です」

「知ってる。それもきみにずっと言われてたからね」

「この体勢も不適切なのですが」

このままだと動悸が伝わってしまいそうで訴えると、レオンが腕をゆるめる。でも、解放してはくれない。

内心で戸惑いながらも弥洋は忠告した。

「ご存じかと思いますが、マスターはバトラーへの過度な接触を禁じられています」

「これは過度な接触になるかな？　ただのハグだけど」

「はい。ハグの必要性がありません」

「感謝の気持ちの表れでも？」

なるほど、と腑に落ちる。睡蓮との浴衣デートで気分が高揚していたレオンは、着付けを請け負ったバトラーへの感謝がいつも以上にフレンドリーになっただけだったのだ。

落ち着きを取り戻した弥洋は淡々と告げる。

「その場合も三秒までがせいぜいかと。すでに三十秒はたっています。下駄の用意もありますので放していただけたら助かります」

「ハスミは本当にプロだなあ」

ようやく腕がほどかれ、解放される。内心でほっとしながらレオンをソファに腰かけさせると、彼が怪訝な顔をした。

「下駄の用意って言ってなかった？」

「はい。慣れないと歩いているうちに鼻緒の摩擦で皮が剝けてしまう可能性がありますので、前もって足の指を保護しておいた方がいいんです。レオン様がお嫌でなければ私がさせていただきますが」

「ハスミを嫌がるわけないだろう。よろしく」

レオンの足許で片膝をつき、部屋履きを脱がせて鼻緒を挟む親指と人差し指に保護テープを巻く。もう片方も同様に処置したら終了だ。

「ありがとう。それ、もらってもいい？」

「かまいませんが……」

戸惑いながらも保護テープを渡すと、レオンはいそいそとそれを袂（たもと）に仕舞った。日本の時代ものの映画もたくさん見ている彼は、ポケット代わりの袂に前から興味があったようでご機嫌だ。スマホや財布まで入れようとするから「重くしすぎたらシルエットが崩れます」と慌てて和装用の巾着（きんちゃく）袋を渡した。

「あと、こちらは個人的にご用意させていただきました」

差し出したのは昔ながらの狐（きつね）のお面と団扇（うちわ）だ。ザ・ニッポンの夏の小物にブルーアイズが輝く。

「素敵だね！　個人的にっていうのは……？」

「いつもレオン様にお土産をいただいているお返しをしたいと思っておりましたので、ささやかながらプレゼントさせてください。花火大会は人出が多いですから、周りの視線が気になるときにお顔を隠していただければと……」

　説明している間に、レオンが「ああ」と感極まったような声を漏らして顔を覆ってしまった。何か気に入らなかったのだろうか、と不安になっていると、手から顔を上げたレオンが複雑な笑みを見せて嘆息する。

「僕はいま、きみの気遣いとプレゼントがうれしくて抱きしめたい気持ちでいっぱいなんだけど、マスターとバトラーの関係だと不適切なんだよね？」

「は、はい」

「でも三秒ならＯＫって言ってたから、ハグしていい？」

　三秒ならＯＫではなく、せいぜい三秒と言ったはずだけれど、ねだる瞳の熱に細かいことはどうでもよくなってしまう。ただ感謝を表すだけにしろ、むやみに高い熱量（カロリー）に誤解してしまいそうだ。

　だからこそ弥洋は拒んだ。

「お気持ちだけで十分です。受け入れていたら、レオン様に三秒ルールで頻繁にハグされるようになる気がしますので」

「うわあ、予想が正確すぎるよ」

顔をしかめたレオンの発言は、今後もハグする気満々だったということだ。危なかった。ただでさえフレンドリーなマスターなのに身体的接触が増えるとこっちの心臓がもたない。

浴衣姿になったレオンの心はすでに今夜のデートに飛んでいて、いつもよりだいぶ早い時間に「今日はもう終わっていいよ」と終業の許可をもらった。

いったん帰宅して睡蓮に化けた弥洋は、約束していた午後五時の少し前にレオンが待つスイートルームの前に戻ってきてチャイムを押す。

「いらっしゃい」

にっこり、満面の笑みで迎えたレオンは自分の手で仕上げたにもかかわらず粋な浴衣姿が素晴らしく格好いい。うっかり見とれてしまいそうになりながらも弥洋は「初めて見た」体(てい)を装ってコメントした。

「珍しい格好してるね」

「似合ってる?」

「すごく」

素直に頷くと「うれしいな」と抱きしめられた。まったくもってすぐハグしてくる彼にはドキドキさせられて困る。

「きみにも浴衣を用意させてもらったんだ。着てくれる?」

「用意されてたら断れないじゃん」

「ありがとう」

にこっと笑ったレオンがどんな浴衣を用意したのか、数時間前に漆塗り(うるしぬ)の乱れ箱にきちんと並べた本人である弥洋はよく知っている。

切り絵風の柄がレオンの浴衣と同じブランドであるのを示しているそれはまさに睡蓮用、藍色の地に水紋と蓮(はす)の花が描かれている美しい浴衣だった。帯は浅葱(あさぎ)と銀の博多織で、どことなくレオンの瞳を思わせる。

さっそく着替えようとバスルームに乱れ箱ごと持って行こうとしていた弥洋の背中に、レオンが興味深そうな声をかけてきた。

「日本人はみんな自分で浴衣を着られるの？」

「え……」

そんなの考えたこともなかったけれど、自分を振り返るとホテル勤めを始めてから着付けを学んだ。かすかな動揺を押し隠し、弥洋はさりげない口調で返す。

「温泉やホテルの部屋着用なら、みんな着られるんじゃないかな。こういうちゃんとした浴衣も一回着たら覚えるよ。男性用は簡単だし」

「なるほど。下着は着けないのがルールなんだよね？」

「……誰がそんなことを？」

「ブルーノ」

ああ……と納得する。彼の日本文化への理解は情報源が偏っているせいか、ちょっと特殊な面があるのだ。

「ルールってわけじゃないよ」

「でも、着けてない方が下着のラインが出ないから格好いいんだろう？」

「まあ、そういう説もあるけど……」

そこではたと気づいた。着付けのとき、レオンは下着を着けていたけれどいまはどうなんだろう。ブルーノの助言に従って脱いだんだろうか。

思わず腰のあたりに目をやったら、にやりと笑みが返ってきた。

「確認する？」

「しない……！　着替えてくる！」

「下着、脱いでね」

「脱がない！」

突っぱねた背中に楽しげな笑い声が響く。どこまでが冗談で、どこまでが本気なのか。

バスルームのスライドドアを閉めた弥洋は、ひとつ息をついて大理石の洗面台に乱れ箱を置いた。

着てきた服を脱いで、下着一枚になったところで迷う。

脱がないと言ったものの、レオンの希望に弥洋は弱い。睡蓮になっているときもそれは変わらなかった。

「浴衣をプレゼントしてくれた人の希望だし……」と自分に言い聞かせて、するりと下着を脱ぐ。無防備な無毛の下肢は見ないようにして、急いで浴衣を身に着けた。

（考えてみたら、浴衣ってすごい防御力低い衣装だよな……）

下着を身に着けていなければ、たった一枚の布を腰紐（こしひも）と帯だけで留めて全身を隠しているという有様（ありさま）なのだ。風通しがいいぶん、衿元（えりもと）、袖口（そでぐち）、裾（すそ）などからすぐに手を入れられる。

これから人混みを歩くことを思えばやはり少しでも防御力を上げるべきか、と脱いだばかりの下着をまじまじと見ていたら、バスルームのドアがノックされた。

「開けていい？」

「えっ、ちょっ、ま……っ」

許可を求めたくせにすでにスライドドアは動いている。とっさに下着を握りしめて背中に隠したのと同時に、浴衣姿の弥洋を目にしたレオンのブルーアイズがぱあっと輝いた。

「素晴らしい（トレビアン）……！　もっとよく見せて」

大きな数歩で距離を詰めたレオンに眺め回され、褒めまくられ、照れくさいけれど悪い気はしない。ひとしきり感嘆した彼が弥洋に向かって両手を広げた。

「ハグしていい？」

「……着崩れない程度なら」

「もちろん」

喜々として弥洋を抱きしめた彼は、たしかに力を加減している。いつもよりゆるいハグを少し物足りなく思っていたら、するりと腰を撫でた彼の唇がふいに弧を描いた。

「お願い、聞いてくれたんだ？」

「！」

浴衣の上から下着の有無を確認されたのだ。じわりと顔を熱くしながらも認める。

「いい浴衣用意してもらったし、これくらいは……」

「これくらい？　もっとサービスをねだってもいいの？」

「調子に乗らない」

顔をしかめたら機嫌よく笑ったレオンが染まった頬にキスを落とし、そのまま軽くかじられてびっくりした。

「なっ、なに……⁉」

「きみがあんまり可愛いから。いますぐ食べちゃいたいなあ……僕のロトス」

さらにかじってこようとする口を慌てて手で覆う。

「花火っ、見に行くんじゃないの？」

「見に行きたい？」

弥洋の手を捕まえ、指先を甘嚙みし始めたレオンのブルーアイズには欲望の炎がちらついている。一見きちんと浴衣を着ているのにノーパンという無防備さによほど煽られたらしい。熱に当てられたようにくらりとしたけれど、二人の浴衣一式にいくらかけたかよく知っているだけに無駄遣いする気にはなれなかった。指を握って甘噛みから逃げる。

「行こう。レオンに日本の夏の風物詩を楽しませてあげたいし」

「その言い方はずるいよ、可愛いひと（シエリ）」

苦笑したものの、レオンは素直に腕の中から弥洋を解放した。

バスルームを出て、下駄に履き替えようとしたらレオンに止められた。

「ここに座って。先に足を保護しておいた方がいいって僕のバトラーが教えてくれたんだ」

「そ、そうなんだ」

小さく心臓が跳ねたけれど、素知（そし）らぬ顔で弥洋はソファに腰かける。足許でレオンが騎士のように片膝をついた。

きらめく金髪を見下ろした弥洋は胸を高鳴らせる。

（うわ、レオンをこんな視点で見るのって新鮮……！）

数時間前とは反対の立場になって、彼の膝にはだしの足をのせて保護テープを巻いてもらうのは不思議な緊張感とときめきがあった。我が王に王様扱いされているような、どこか倒錯（とうさく）した気分。

それにしても、レオンはよくあれだけ平然としていられたものだ。普通にさわられていて

も弥洋はくすぐったくてたまらない。

ときどきびくっと体を震わせながらも我慢していたら、ふ、とレオンの唇が弧を描いた。

「僕の花はどこもかしこも感じやすいねえ。悪戯したくなっちゃうな」

「駄目、だから、ね……っ？」

「どうしても？」

つつっと足の裏を指先で軽くなぞられて「ひぁっ」と高い声があがる。足を逃がそうにもがっちり摑まれていてはどうしようもない。

「ちょ……っ、レオン！　駄目って言った！　ステイ！」

とっさに出た命令に「僕、犬じゃないんだけどなあ」とレオンが笑う。それでも悪戯はやめて、残りの保護テープを巻き終えた。

ちゅっと足の甲にキスを落としてウインクする。

「では、デートにお付き合いいただけますか、飼い主殿」

「……飼った覚えはないけど、約束したから行きましょう」

足にキスされたことにどぎまぎしながらも調子を合わせて返すと、レオンが機嫌よく立ち上がって弥洋の手を引く。そのまま繫がれて、空いている方の手で渡された団扇を持った。

レオンの手には狐のお面。

（ちゃんと使ってもらえるの、うれしいな）

無意識に唇をほころばせてホテルから出ると、八月末の夕空はまだまだ明るく、むっとする熱が空気にも残っていた。

顔に着けると暑いから、とレオンはお面を頭に斜めに着ける。それがまたよく似合っていて、海外向けの着物のカタログに出てきそうだ。

金髪碧眼の大柄な浴衣姿の美形と、明らかに同じブランドの浴衣を着こなしている睡蓮が並んでいたら人目を引かないわけがないけれど、目立ちすぎて逆に撮影か何かだと思われたようだ。遠巻きにスマホで勝手に写真を撮る人はいても直接声はかけられないし、顔を撮られそうなときはお面と団扇が活躍した。

会場に近づくにつれて人と屋台の数が増えてゆく。

これまでレオンはタイミングが合わなくて日本の夏祭りを直に見たことがなかったそうで、飾りの提灯や屋台にブルーアイズを輝かせては「あれは何？」「どうしてあんな風になってるの？」と弥洋に質問してくる。

見慣れたものを英語で説明すると文化についても考えさせられる。異文化圏で育った人の目で見るとおもしろいものや不思議なものが次々出てくるし、置き替えられる単語がないことが価値観の違いを表していて興味深い。

他者と交わるとき、近い人ほど楽だけれど、遠い人ほど視野が広がるな……と実感していたら、金魚のしっぽのように兵児帯をひらひらさせながら駆けてゆく子どもたちを眺めてレオンが心底残念そうに呟いた。

「カメラを持ってきていたらよかったなあ」

「スマホで撮ったら？」

「いや、デート中にそんなマナー違反はしたくない」

「俺は気にしないけど？」

「僕が気にするよ。……まあ、デートなのにきみを質問責めにしておいていまさらなんだけど。あきれてない？」

「ないよ。レオンの質問って新鮮で、俺もいろいろ考えさせられておもしろかった」

即答に、ふわりとブルーアイズがやわらぐ。

「きみはどこまで僕を好きにさせるんだろうね、睡蓮（ネニュファール）」

「……どこがツボった？」

「僕の無作法（ぶさほう）を受け入れて、楽しんでくれているところ」

「言うほど無作法じゃないと思うけど」

「デート中に美しい恋人以外のものに目を奪われていたというのに？」

「恋人じゃないし……」

「でもきみは僕のものだろう」

ちらりと目線で下肢を示されて、そこが彼のための処置を受けたことを思い出させられる。

頬が熱くなるのを自覚しながらもふいと目をそらした。肯定も否定もしない。

くすりとレオンが笑う。

会場に向かう道すがら、夕飯ついでに屋台でいろいろ買った。炙り醤油がこうばしい焼きもろこし、外はカリッとして中はとろっと熱々のたこ焼き、ソースの香りが食欲をそそる焼きそば、甘辛いタレの焼きイカ、塩胡椒をしっかりきかせた牛串。ドリンクはやはりよく冷えた缶ビールだ。

花火大会のメイン会場となっている河川敷の大階段に座って、空調のきいたエレガントなホテル内とはまったく違う、騒々しくも気楽な野外ならではの雰囲気と屋台メシを楽しむ。

(環境の影響ってじつはすごく大きいよなあ)

ぷは、とビール缶から口を離して弥洋は思う。

その場にふさわしいように人は振る舞おうとする。無意識に自分が期待されている役割を演じる。

ホテルマンだから。プロだから。レオンが距離感を詰めようとするたびに弥洋は不適切と判断して、一定の距離を保つようにしてきた。本心では受け入れたかったのに。

あれもまた環境——役割の影響とすれば、すべてのしがらみを取っ払った弥洋の本性はじつは睡蓮といえるのではないか。

(って、いやいや、俺はあんなにやらしくも図々しくもないから……!)

思いついた内容に慌ててかぶりを振る。

レオンに容赦のないツッコミを入れたり、ちょっと偉そうだったり、抱かれてめろめろになったり、淫らなおねだりをしてしまったりするのは、あれはあくまでも「睡蓮」を演じているだけにすぎない。本当の弥洋は違う。

本当の弥洋は——。

（どんなんだっけ……？）

改めて考えたらわからなくなった。

たぶん、山本夫妻といるときがいちばん素の状態だけれど、あれは外見に気を配っていないだけでほとんど睡蓮のような気がする。

最初のうちは遊び人っぽい態度を意識していたけれど、ベッドですぐに未経験だと気づかれてしまったあたりから取り繕うのをあきらめ気味だ。「ハスミ」と結びつけられないように敬語を使わないように心がけているにしろ、ぞんざいな口調も含めてほぼプライベートの弥洋といえるのでは。

（あれ？　じゃあ俺、素でレオンと付き合ってたらこんな感じになるってこと……？）

隣に並んで「日本のビールって喉ごし特化で独特だよね」とベルギービールとの違いを楽しんでいる、牛串を片手にした浴衣姿の美男を眺める。

夕暮れどき、その姿は半分夜にとけかけていても、リラックスした様子の想いびとは弥洋の目にくっきりと、どうしようもなくきらめいて映る。

このひとが睡蓮のことを……自分のことを好きで、本気で恋人にしたがっている。

そんな夢みたいな現実がある。

（うわ、なんか、心臓が急におかしい）

これまで「睡蓮は俺じゃないから」と否定してきた彼の愛情が、自分に向けられているものだとふいに実感できて落ち着かなくなった。

（やばい……俺、もう酔ったのかな）

アルコールには強いはずなのに、恋人になるのを受け入れたらいけない理由がどうでもいいことのように思えてきている。両想いならなんとでもやりようがあるんじゃないか、なんて囁く誘惑の悪魔の声がするし、自制の天使も「アリかもよ……？」と囁き始めた。しかしそう簡単な話なら、睡蓮は生まれなかった。

（とりあえず、いまは天使も悪魔も引っこんでてもらおう）

こんなににぎやかなところで大事なことは考えられない。

夜が深くなるにつれて、どんどん人が増えてきた。パーソナルスペースなんて関係ない状態になってきたら、レオンの腕が肩に回って抱き寄せられる。

「レオン……」

「これだけ人がいたらくっついてしまうのは仕方ない」

ウインクしてそんなことを言うレオンは楽しそうで、すぐゼロ距離にしたがる彼に弥洋は苦笑する。でも、内心はうれしい。さいわい辺りは暗くなって一人ひとりの姿や表情がもうクリアに見えない。神経質になりすぎなくてもいいだろう。

間もなく花火が打ち上げられ始めた。

夜空は快晴、ほどよく風もある。まさに花火日和だ。

ぱあっと大輪の光の花が空に咲き、少し遅れて体に響くような音が届く。打ち上げる音に会話が紛れるせいで口数が少なくなった代わりに、腰に回した手でさらに抱き寄せられた。

夜とはいえ密着したら暑いのに、全然嫌じゃない。むしろもっとくっつきたい気分になっているなんて我ながらどうかしている。

花火大会は二部構成になっていて、途中で十五分ほどの休憩があった。

ようやく会話を再開できるようになったところで、ふとレオンがスマホにメッセージが届いているのに気づいた。

「シオからだ」

呟いた名前は、先日ホテルのラウンジバーでレオンといた相模原氏の親しい友人間での通称だ。画面を弥洋にも見せる。

「『弊社の屋上庭園からはゆったりと花火が見られますよ』だって。これ、シオ流の招待だけど興味ある?」

ずいぶん迂遠な……と思うものの、興味はあった。

相模原氏が招待してくれたのは彼の勤め先、『n－EST』の空中庭園だ。都会の上空に突如現れた緑の楽園、フンデルトワッサーハウスの日本版とも呼ばれている庭園は国内外で評判が高く、機会があれば一度見てみたいと思っていた。

「迷惑じゃないなら行ってみたいな」

「迷惑ならシオは誘わないタイプだよ。というか、お誘いがこの時間にくるあたり、何かあったんじゃないかなあ」

「何かって？」

「たぶん、空中庭園で恋人連れのリヒトと鉢合わせたとかじゃないかな。貸し切りにできないなら人数が増えてもかまわない、ってとこだと思う」

メッセージを送って確認したら、レオンの予想は的中していた。

少し違ったのは、リヒトこと鷹司社長とその恋人の日向は二人とも映画が好きで、ヴァレンバーグ監督作品の大ファンという日向が「レオンも誘ってやればよかったな」という鷹司社長の呟きに食いついたのが招待のきっかけになったというところだ。

『嫉妬深いリヒトが自分で連絡しようとしないので、私から誘わせてもらいました』

『べつに嫉妬じゃないからな』

相模原氏からメッセージが届いた直後に鷹司社長本人から訂正が入る。

ふふっと笑ったレオンが『これから行くよ』とメッセージを返して、弥洋を連れてにぎやかな河川敷を脱出した。

もうすぐ二部が始まるというタイミングで帰る人はほとんどいなくて、すれ違う人も行き道よりもずいぶん少ない。イベントの夜ならではの活気は会場から離れるにつれて落ち着いてくる。

背後で花火が上がった。辺りが一瞬明るくなり、どおん、と遅れて音が届く。第二部が始まったのだ。道行く人や屋台の店主たちの視線も空に向かう。

そのタイミングでごく自然に手をつながれた。軽く心臓を跳ねさせながらも、いつも触れていたいんだよ、と言いたげなレオンの態度に自然に唇がほころぶ。弥洋も自分から大きな手を握り返した。

ちらりと目を上げると笑みを湛えてきらめくブルーアイズと視線が絡んで、指を絡められる。恋人つなぎだ。

なんとなく、満ち足りた気分で並んで夜道を歩く。

「睡蓮」は弥洋の嘘からできた人物で、レオンの恋人にはなれない。だけど、嘘の中に本当の弥洋もいる。そう気づいたときから、レオンとの関係は嘘じゃなくなった。

空を彩る花火の夜道を歩きながら先のことを考える。

自然消滅するまで「睡蓮」を続けるつもりだったけれど、いまのところレオンの気持ちが冷める気配はない。むしろどこまでも溺愛されている。

もともと「睡蓮」になるのは一日だけの予定だった。それがレオンに気に入られて、こんなに続いている時点で計画を見直すべきだ。成りゆきに任せるのではなく、事態を整理して問題点に正面から取り組むのだ。

レオンと自分の仮初でない幸せのためにも。

弥洋はだてに最年少でマイ・バトラーに選ばれていない。冷静さと対処能力の高さには定評があるし、自分を律するのも本来得意だ。——レオン相手だとうまくいかないことが多いけれど。特に「睡蓮」になってからは、自分らしくない無謀な冒険、好きなひとからの求愛、たくさんの初体験、睡眠不足などで混乱していた。軽いバグ状態だったのだ。

でも、ようやく自分らしさを取り戻せた気がする。

叶わないと思っていた恋心がじつは叶うかもしれない。そのことに気づけた。

仕事に誇りをもっているし、レオンの担当をはずれたくない。なにより、「睡蓮」として嘘をついてレオンを振り回したことを責められて嫌われるのは怖い。

だからこそ、ベストな方法を考えるのだ。自分ならそれができるはず。

思考に没頭していた弥洋は、つないでいるレオンの手に緊張が走ったのに気づいて我に返る。

どうしたんだろう、と見上げると、眉根を寄せたレオンが低く呟いた。

「尾けられてる気がする」

「えっ」

とっさに振り返りそうになって、踏みとどまる。相手に怪しんでいるのを気づかせずに対策を練るのはホテルスタッフの性だ。

さりげなくつないでいる手をほどいて、弥洋は低く確認した。

「姿、見た？」

「はっきりは見えなかったけど、中肉中背の男だと思う。たまたま同じタイミングで帰る人なのかと思ってたけど、さっき、わざと大通りと反対の細い道に曲がったのについてきた」

「……マスコミかな」

「わからない。気のせいならいいんだけど、たぶん違うだろうなあ」

嘆息したレオンは、さっきまでの上機嫌がすっかり鳴りをひそめてうんざり顔だ。

騙し討ち同然で動画を撮られてネットに流されたインタビュー以来、「ヴァレンバーグ監督の映像がもっと欲しい」「うちならちゃんとした取材をします」などとあちこちのメディアから取材依頼がきているのはブルーノ経由で聞いている。そのすべてをレオンが断ったというのも。

もともとメディア露出を避けていたレオンは、ネットのニュース配信会社の一件でマスコミへの不信感と嫌悪感をいっそう募らせたのだ。樹里が出版社の人間だと知ったときの態度でもそれはわかる。

いま気にしている背後の人物はマスコミ関係者じゃないかもしれない。それでもレオンは警戒しないといけないし、せっかくの楽しい時間に水をかけられてしまう。

芸能人や有名人にはよくある被害だとしても、いったいなんの権利があって人の幸福な時間を奪うのか。彼らが与えてくれる楽しみや喜びに対する代償がおかしい。

ぐっとこぶしを握った弥洋は、小声で囁いた。

「撒(ま)きましょう」

レオンが目を瞬く。それから、おもしろがるようにブルーアイズをきらめかせた。

「走って逃げるの？　追いかけてきたらビンゴだね」

「そのときは俺が止めますから、レオンは先に『n－EST』に向かってください」

「それは駄目だよ！　きみを危ない目に遭わせるわけにはいかない」

「大丈夫です。俺、護身用にマーシャルアーツやってるんで。あなたは俺が守ります」

きっぱり告げると、レオンが小さく口笛を吹いた。

「格好いいなあ。惚れ直してしまったよ」

「ふざけてないで」

「ふざけてないよ。僕のトラブルにスイレンを巻き込んで申し訳ないなって思ってたんだけど、一緒に背負ってくれるなんてやっぱりきみは最高だよ。……うん、そうだな、背後がずっと気になるのもいやだし、きみも僕も腕に自信があるならこっちから行くのもアリだね」

「こっちから行く……？」

「そう。確認しに行こうか」

にっこり、いい笑顔で言ったレオンの背後で大輪の花火が咲く。上機嫌が復活してやる気に満ちているレオンに呼応するようなまばゆさに目を細めて、弥洋は頷いた。

「マスコミだったら、迷惑だからついてこないでってお願いしよう。スマホの充電は大丈夫？」

「うん。録画でいい？」

「さすがは僕の睡蓮（ネニュファール）」

法的手段に訴えるにあたっての材料を得ようという意図を察しての返事に、レオンが満足げに笑う。

視線を交わして、二人同時に振り返った。五メートルほど距離をあけて塀の近くを歩いていた人物がギクリと足を止める。

目深（まぶか）にかぶったキャップに濃いカラーグラスとマスクで顔を完全に隠していて、暑いのにぶかぶかのグレーの長袖シャツに長ズボン、スニーカー。首からカメラをさげているのを確認できた直後、ばっと身を翻（ひるがえ）して脇道に逃げた。

「この……っ、待て！」

走って追いかけようとしたのに、浴衣の腕を引いてレオンが止めた。見上げるとかぶりを振られる。

「追いかけないんですか⁉」

「無駄だからね。実害がないとこっちは何もできない」

淡々とした言葉にはっとする。たしかに、写真を撮られたかもしれないというだけで警察は動いてはくれないし、捕まえたところで何かの罪に問えるかというと難しい。

やりきれない気分になりながらも冷静に受け止め、弥洋は息をついた。

「そうですね……。追いかけて事故にでも遭われたらこちらの罪になりますし、リスクに対してメリットが少ないですね」

「そうそう。ところで、さっきからときどき言葉遣いが丁寧になってるよダーリン？」

「！」

ざっと血の気が引く。緊張感で仕事モードのスイッチが入ってしまったとはいえ、我ながらうっかりにもほどがある。

内心で冷や汗だらだらになりながらも弥洋は素知らぬ顔で返した。

「育ちがいいから、つい出ちゃうんだよね」

「なるほど、シオの日本語と同じだね」

すんなり受け止めてもらえてほっとする。敬語育ちの相模原一族に感謝だ。

ため息をついたレオンが再び弥洋の手を摑まえた。さっきのやり直しとばかりに指を絡めてつながれる。

「あーあ、今夜はああいうのがなければいいと思ってたけど、悪い予感が当たってしまったなあ……」

「元気出して。またああいうのが出てきたら、俺が追い払ってやるから」

ぎゅっとレオンの手を握って励ますと、ふ、と彼が瞳を細めた。つないだ手で引き寄せられ、よろめいたところを抱き留められる。

「レオン……っ？」

「いま、すごくきみのことが愛おしい。抱きしめて、キスしたいな……」

「こ、こんな道のど真ん中で何言ってんの」

「人目がなかったらいいってこと？」

「へ」

目を瞬く弥洋の手を引いて彼が向かったのは小さな公園だ。住宅街の隙間にひっそりと造られたといった風情で、外灯ひとつで全体が見渡せるそこには遊具もひとけもない。

通りからは木の陰になる位置へと連れ込まれた弥洋は苦笑する。

「こらこら、さっきまでマスコミに狙われていたのに不用心すぎ」

「大丈夫、あれはマスコミじゃないから。パパラッチだったら気づかれたからって怯（おび）えたネズミみたいに逃げないよ。あれは素人だ」

きっぱりとした断言は、マスコミにたびたび不快な思いをさせられているレオンだけに説得力がある。

ヴァレンバーグ監督かもしれない、と追いかけてきたら、逆に向かってこられて恐れをなして逃げたといったところか。一方的に知っている相手から逆襲されると思っていない一般人がしつこく付きまとってくることはないのだろう。

「だからって、こんなとこで……」

「嫌？」

じっと見つめてくるブルーアイズに弥洋はいつだって弱い。目を伏せて小さく答える。

「……キス以上は、やだ」

「もちろんだよ、愛しいひと。きみの色っぽい姿を見られる危険は冒せない」

「キスはするのに？」

「うん、ごめん。……少しだけにするから」

「ダメ男のセリフっぽい」

笑ってからかうとレオンが複雑な苦笑を見せた。

「うん、我ながらダメ男だと思う。でも、嫌いにならないでほしい」

「……ならないよ」

小さく呟くと、ふわりとレオンの表情がほどけた。木の幹を背に彼の腕の中に閉じ込められる。花火の光を映してきらめく瞳が熱を帯びていて、目をそらせなくなる。

「大好きだよ、僕の睡蓮。許してくれてありがとう」

囁いた唇がやわらかく重なってきた。じわん、と触れあったところからぬくもりと幸せが広がる。

ただ重ねているだけなのに、どうしてこんなに気持ちいいんだろう。

心地よさに無意識の緊張がほどけたら、重ねられている唇がもっと味わいたいというように愛撫の動きを見せた。やわらかく食んで、吸って、舐めて……とそれもぜんぶ気持ちいい。このままだと本格的に欲しくなってしまう。

「レオ……んっ……」

止めようと名前を呼んだ口に舌が入りこんできて、弥洋の舌を搦め捕った。

「んぅ、ん……」

重ねるだけでも気持ちいいレオンのキスは、交わるともっといい。ぞくぞくして背骨がとかされてしまう気がする。

やさしく押されて背後の木の幹にもたれさせられた。逞しいレオンの長身に囲われて、逃げ場もなく甘い口づけと愛撫を与えられる。

もっと深く交わると、もっと深い快楽を分かちあえる。知っているからこそ、我知らず求めるように弥洋の手はレオンの背中に回って抱きしめていた。

浴衣の裾を割って脚の間にレオンの長い脚が差し入れられ、互いの腰を押しつけ合う。どちらも熱をもっていて、このままだと収まりがつかなくなるのは明らかだ。

閉じたまぶたの裏で光が明滅する。それが快楽というより花火のせいだと気づいた弥洋は、ここが外だとようやく思い出した。

「……少しって、言ったじゃん……」

「うん……、ごめん。僕も、こんなに止まれなくなるとは思わなかった……」

なんとかキスをほどいて注意すると、レオンが弥洋のふわふわの頭に頬を付けて大きく息をつく。髪をそよがせる呼気の熱さにもぞくぞくした。

「……このままホテルに帰りたいな」

低い呟きに頷きたくなったけれど、ぽんぽんと広い背中を軽くたたく。

「約束優先。屋台で何か手土産買って行こう」

「……僕ばっかりきみをほしがってるね？」

悔しいな、と首筋を軽く噛まれてびくんと体が震え、崩れ落ちそうになった。レオンにしがみついてなんとか自分を支えた弥洋は、潤んでいても叱る目で見上げる。

「この状態の俺を見て、そんなこと言う？」

「いや。勘違いでよかった」

とろける笑みと軽いキスが返ってきた。

空中庭園に着いたのはちょうどフィナーレのタイミングだった。短い時間の参加になってしまったけれど、夜空に咲き乱れる花火に感嘆しながら、都会の森のような不思議な庭園でみんなで飲むのはとても楽しかった。

花火の終わりに合わせて解散したあとは、ホテルに帰ってレオンと甘く淫らな時間をすごした。公園でのキスで煽られ、鎮めてもずっと体内で燻っていた炎はすぐに再燃して、弥洋の心と体をとかした。

裏で何か起きているなどとは想像もできないくらい、楽しくて幸せな夜だった。

【7】

「とんでもないものが届いたぞ！」

花火大会から数日たった午後、レオンの部屋にマネージャーのブルーノが血相を変えて飛びこんできた。

彼がテーブルに並べたもの――プリントアウトされた画像を目にして、ざあっと弥洋は全身から血の気が引くのを覚える。

それは、花火大会の日のレオンと睡蓮の盗撮写真だった。

カメラの性能が上がっているからいまは夜間でもクリアに撮れる。どの写真も人違いだと言い逃れできないくらいにはっきりと顔が写っていた。

会場でぴったりくっついて話している二人、手をつないで歩いている後ろ姿だけなら「仲がよすぎる」印象は受けても同性愛者という決定打にはならない。だけど、公園で抱き合って淫らなキスをしている写真は完全にアウトだった。

冗談ではすませられないくらい密着して濃厚なキスをしている二人は、見るからに発情していた。特に「睡蓮」の表情がひどい。いますぐ抱いてほしいといわんばかりで、こんな誘うような顔をしていたなんてと羞恥にぶわっと全身が熱くなる。

ヴァレンバーグ監督の恋人というだけでも興味をもつファンや叩きたがるアンチがいるというのに、相手が同性だなんてマスコミが大喜びする格好のネタだ。

（俺の馬鹿……！）

やっぱりあのとき、もっと強くレオンを止めるべきだったのだ。睡蓮は架空の人物だ。この写真が世に出回ったところでダメージはない。

でも、レオンは違う。

気づかれたらすぐに逃げ出すような男がわざわざ戻って追いかけてくるとは思わず、キスを受け入れてしまった自分の見通しの甘さを後悔する。

なんとか冷静になろうとこっそり深呼吸をしていた弥洋は、写真を眺めているレオンの様子に目を瞬いた。

レオンは落ち着き払っていた。少し眉根を寄せているけれど、それだけだ。

「……これは？」

「さっき、メールで送り付けられてきたんだ。この画像をばらまかれたくなかったら五百万寄越せって」

「五百万でいいの？」

淡々と確認するレオンに弥洋はぎょっとする。

「レオン様、払う気ですか⁉　これは恐喝罪ですよ、警察に……っ」

「何言ってるんだ！」

とっさの訴えを遮ったのはブルーノだった。

「警察に届けたのがバレて相手が勝手に流出させたらどうする⁉　それこそ手に負えなくなるぞ！」

「それはそうですが……」

諾々と言いなりになったらこの手の輩（やから）は味をしめ、何度も同じことを繰り返す。ホテルスタッフとしてはお客様の不興を買うような反論は避けたいけれど、意見せずにはいられない。

口を開いた矢先、嘆息したレオンが割って入った。

「とりあえず、相手からのメッセージと連絡先を教えてくれないか」

「どうする気だ？」

「相手が出してきた条件を確認する。話はそれからだろう？」

ブルーノが事務作業に使っているノートパソコンを持ってきて、メールの受信トレイの一件を開いた。

「送り主はフリーメールを使ってるんだけど……」

ブルーノが言葉の途中で痛ましげに目を伏せる。レオンの顔色が変わった。

「スイレン……⁉」

「え」

思いがけない場面で呼ばれた名に思わず反応してしまったけれど、レオンが口にしたのはメールアドレス内の文字——ローマ字のsuirenだった。

「俺も目を疑ったよ。……スイレンって、レオンがこのところご執心だった、この写真の相手の彼だろう？　レオンほどの男に口説かれて落ちないなんて何様かと思っていたんだけど、これが届いたときにやっと理解したよ。素性を明かさなかったのも、恋人になるのを拒んでいたのも、必要以上に深入りしないためだったんだ。彼がきみに近づいたのは最初から罠だったんだよ！」

「違います……！」

たまらず弥洋は口を挟んだ。

完全なる誤解、濡れ衣だ。いまは「ハスミ」でいないといけないから睡蓮本人としての弁明はできないけれど、別人だからこそ第三者として庇える。

「仕事がら公開していないだけで、睡蓮の身元はしっかりしています。そうでなければ私はレオン様にご紹介しておりません。彼がこんなことをするはずがないですし、そもそも悪事をはたらくのにわざわざ自分の名前をメールアドレスに入れるとも思えません。何者かが陥れようとしているとしか……」

懸命の説得にブルーノが眉を曇らせた。胡乱な目を向けられる。

「いつも口数が少ないのに、ずいぶんあの男の肩を持つね？　……まさか、ハスミもグルなんじゃ……」

「な……っ」

「やめろ」

低く、鋭い声にブルーノと弥洋は同時に口を閉ざす。

いつも朗らかなレオンがいまは別人のようだ。広いスイートルームのリビングが狭く感じられるほどの威圧感を放ち、険しい表情をしている。

レオンがこめかみを指先で揉みながら、冷たい光を宿したブルーアイズを隠すように閉じて弥洋に命じた。

「ハスミ、しばらくブルーノと二人にしてくれ」

「……っ」

信じてもらえなかったのだ。ハスミも、睡蓮も。

胸がつぶれるような思いを必死で隠して、弥洋はプロの矜持を支えにエレガントに辞去のお辞儀をする。そうして、静かにスイートルームを去った。

半ば呆然とバトラールームに帰った弥洋は、力なく壁際の椅子に腰をおろした。

頭の中は動揺と混乱でぐちゃぐちゃだけれど、このままでは何もできない。弥洋は自分を落ち着かせるためにも事実だけを抽出して、客観的に現状を把握するように努める。

その結果。

（信じてもらえなくても仕方ないよな……）

ため息混じりに納得した。

まったくの濡れ衣だけれどブルーノの言い分は辻褄（つじつま）が合っていて、説得力があった。それを覆（くつがえ）して睡蓮を庇うのに十分な材料など弥洋はもっていない。

「ハスミ」だと気づかれないためにも、「睡蓮」は嘘と秘密だけでできていた。

真実を見せていないくせに「信じてほしい」なんて虫がよすぎるし、それはすでに不本意ながらも一回やっている。実際がどうあれ、一度許した相手がまた裏切りの気配を見せたら最悪の印象しか残らない。しかも睡蓮はファッション雑誌とはいえプレスの樹里と「友達」だ。彼女ならレオンが要求に応じなかったときにあの写真をスクープとしてお金に変える手段がある。

状況証拠だけなら睡蓮は真っ黒、これでレオンが睡蓮の無実を信じていたとしたら危機管理能力のなさを憂慮すべき案件だ。

そう思うと現状は受け入れられる。

だけど睡蓮は――弥洋は強請（ゆすり）なんかしていない。

（このまま濡れ衣を受け入れるなんてまっぴらだ）

自分のすべきことが見えてきた弥洋の瞳が、眼鏡の奥で強い光を取り戻す。

ちゃんと話そう。レオンに信じてもらえるだけの材料を出そう。

信じてもらえなかったとしても、せめて偽者の睡蓮の要求に応えないように説得して警察に連絡させるのだ。

卑劣な真犯人の思いどおりになど、絶対にさせない。


それから数時間後、弥洋は決意を胸にレオンの部屋を訪れた。

ブルーノはもういなくなっていて、レオンだけが疲れた様子でぼんやりソファに座っている。弥洋に気づいた彼が名状しがたい表情で呟いた。

「まだきみを呼んでないよ」

「わかっております。お疲れのご様子のところ申し訳ございませんが、お話ししたいことがあってまいりました」

「……うん、僕もだ。でも、きみの話を先に聞こう」

嘆息したレオンに勧められて、弥洋は彼のはす向かいのソファに浅く座る。

じっとこっちを見つめてくるブルーアイズに緊張を覚えながらも、口を開いた。

「私なりに誰が犯人かについて考え、調べました」

レオンの眉が興味深そうに上がる。

「メールアドレスのsuirenが偶然ではなく故意の文字列だとして……偶然の可能性は限りなく低いと思いますが、レオン様がご利用中のソフレサービスの『睡蓮』を意味している場合、犯人は簡単に絞れます。じつは睡蓮はレオン様とのお仕事が初めてでした。つまり、本人以外で彼の名前を知るのはレオン様、私、レオン様が当ホテルのバーでお見かけになった睡蓮の友人である記者の女性とその夫、ブルーノ様の五人になります」

「スイレンの友人は他にもいるんじゃないかな」

「『睡蓮』という名を知っている者はおりません」

「絶対に?」

「はい」

本人でもないのに断言するのはおかしいけれど、きっぱりと頷く。

「そして、理由は明かせませんが私は睡蓮が無実だと知っています」

「……理由は明かせないの?」

「どうしても信じていただけない場合は、明かさざるをえないとは思っていますが」

「そうか。……話を続けて」

「この五人の中で怪しいのは一人しかいません。……ブルーノ様です」

友人であり、マネージャーでもある人物を疑われるのは不快だろうと少し声の調子が弱くなったものの、レオンの表情は変わらなかった。軽く首をかしげる。

「他の四人が怪しくない理由は？」

「レオン様に関していえば、こんなことをしてもメリットがありません。私自身と友人二人については『やっていない』と知っているからとしか言いようがないのですが……。ただ、ブルーノ様について調べてみたところ、強請(ゆすり)をする理由があったんです」

「それは？」

「借金です」

この数時間で弥洋はブルーノについてネットと電話と人脈を駆使して調べ、彼が少々度を越したギャンブル好きという情報を得た。これまでもたびたび負けが込んで金銭的ピンチに陥っていたけれど、手に負えなくなる前に返済してきた。しかし、数カ月前にたちの悪い胴元に目をつけられてしまい、みるみるうちに借金が膨らんだ。

借金は強請の動機になりうる。とはいえ、あくまでも可能性だ。

楽しくてノリがいいブルーノに好感をもっていたぶん、彼が雇い主であり、友人でもあるレオンを裏切っているなんて信じたくなかった。

けれども、思い返してみたら花火大会の夜に尾けてきたあやしい男はブルーノと同じくらいの体形だったし、極秘の存在である「睡蓮」を知っている中で他に疑える人物がいないのだ。

調べるうちに、以前レオンに不快な思いをさせたネットニュースの記者たちとブルーノの繋がりにも弥洋は気づいてしまった。記者もギャンブル好きで体験をもとにした記事を連載しており、彼のSNSにアップされていた画像の端にブルーノが写っていたのだ。

紹介者はわからないと言っていたけれど、ブルーノ自身だったに違いない。

記者に連絡したら簡単に裏も取れた。ブルーノは偽名を使っていたものの外見が完全に一致したし、彼以外にレオンのスケジュールに干渉できる人物はいない。

借金を返済するために友人を売ったブルーノは、再びレオンを利用して金策しようとしているのだ。

「睡蓮と彼の友人たち、私自身の潔白の証明はできないので、信じていただけないかもしれませんが……」

「いや、僕はハスミを信じてるよ」

あっさりとしたレオンの答えに、弥洋は眼鏡の奥で目を瞬く。

「でも、私に出て行けと……」

「きみがブルーノに不快な思いをさせられるのを見続けたくなかったんだけど……それだけじゃないな。僕が冷酷に振る舞う姿をきみに見られたくなかったという方が大きいかもしれない」

苦笑混じりの発言に戸惑うと、レオンが思いがけない告白をする。

「少し前から僕はブルーノの裏切りを疑っていた。勘違いであってほしいと願ってはいたけれど、その可能性の低さもわかっていたから、僕の大事なひとに実害が及ぶ危険を排除するためにデートのついでに餌を撒くことにしたんだ」

「餌？」

「写真を撮って強請ってきただろう？」

はっとする。ただのデートかと思いきや、花火大会に睡蓮を誘ったのはブルーノの裏切りをあぶりだすためだったのだ。素直にデートを楽しんでいた自分が間抜けに思えて胸の中がもやっとした矢先、レオンが苦笑混じりで打ち明けた。

「まあ、餌といいつつ『写真を撮られるかもしれないとわかっていて、気にせずに大好きなひととのデートを楽しんだ』だけなんだけどね。途中まで尾行されてるのに気づかなかったし」

「そうなんですか……？」

「スイレンがいると僕の関心は彼だけに集まってしまうから」

困ったものだ、と肩をすくめたレオンは、あの晩、空中庭園に向かうために睡蓮を連れて河川敷を離れたときに少し距離を置いて追いかけてくる男——花火を見るのにふさわしくないカラーグラスをかけてマスクで顔を隠し、日差しもないのにキャップをかぶり、体形や肌色がわかりにくいだぶっとした長袖を着ている——に気づいて、デートの目的のひとつを思い出した。

「あれがブルーノだってすぐにわかったよ。疑ってはいたけれど、やっぱりとても残念で悲しかった。でも、スイレンのおかげで喜びの方が大きくなった。彼は僕のために悲しんでくれて、怒ってくれて、一緒に戦おうとしてくれたんだ」

ブルーアイズを輝かせて報告されて、面映（おもは）ゆい気分になりながらも「それはよかったですね」とあくまでも第三者としてコメントする。

「おかげでどうしても彼にキスしたくなって、ブルーノが戻ってきて撮るかもしれないとわかっていながらねだってしまった。ただ、止められなくて彼の色っぽい顔を僕以外の男に見られてしまったのは我ながら大失敗だったよ。シャッターチャンスをあげる程度の軽さで我慢するつもりだったのに……」

顔をしかめたレオンは本気で悔（く）やしそうだ。

キスで淫らな表情になっていた弥洋を悪く思っていないどころか、ひとりじめしたかったという発言に内心でほっとする。そして、あの晩睡蓮が軽い冗談で言った「ダメ男」というのを認めて「嫌いにならないで」と謝った理由も理解した。

（まあ、嫌いになんかならないけど）

ブルーノの狙いを把握したうえで誘う行動をとることで、レオンは事態をコントロール下に置き、裏切り者を釣り上げた。

同性の恋人がいると暴露されても気にしないという彼がわざわざそんなことをしたのは睡蓮を守るためだし、本人も言ったようにレオンは普通にデートを満喫していた。弥洋としては浴衣デートを楽しんでいただけでトラップの役に立てたという感じだ。

事前に教えてもらえていたらもっと協力できたのにと思わなくもないけれど、得体の知れないソフレの睡蓮を彼がそこまで頼るのもおかしい。

「ところで、どうしてブルーノ様の裏切りに気づかれたんですか」

気になっていた部分に話を戻すと、彼が複雑な苦笑を見せた。

「紹介料目当てに胡散（うさん）くさいネットのニュースサイトの記者を紹介してくるプレスなんて、常識で考えたらいるはずがないからね。僕は取材を受ける相手を厳選している。本来の業務の負担を減らすためではあるけれど、選ばれたプレス側からしてみたら特権なんだ。わざわざ僕の不興を買うような新顔を紹介して既得権益を剝奪される危険は冒さない」

たしかに、樹里もバーでレオンに会ったときに「うちにも取材させてください」と頼んでいた。椅子に座れる人数が限られているならそこを追われる真似はしないだろう。

「取材の最後に『紹介料を払った』という言葉が聞こえてきたとき、僕を金で売るような真似をする必要があり、それができる立場にいる人物の心当たりに気づいて打ちのめされたよ。信じたくなかった。でも、ブルーノが『紹介者はわからない』と報告してきた時点でグレーだった疑惑はほぼ黒になった」

「……レオン様が取材を受ける相手を限定しているのに、調べてわからないはずがないからですか」

「そのとおり」

たとえ口約束だったとしても、一人ずつ確認していけば本来なら紹介者がわかる。人数は限られているし、全員レオンにとって馴染みの記者たちだ。

「そもそも、紹介者がわからないなんて答えるのはマネージャー失格なんだよね。僕は自分で把握しきれない事務関係を任せるためにも彼を雇ったんだから。……本来のブルーノならそれくらいわかってるはずだし、きちんとできる能力だってあるのに」

レオンが心底残念そうにため息をつく。

仕事ができて人柄もいいブルーノの唯一にして最大の欠点が、ギャンブルだった。

ネットゲームやガチャ、ゲームセンターに置かれているコインゲームやクレーンゲームなどを始めると手持ちが尽きるまで遊んでしまうブルーノは、あらゆる賭けごとにすぐにのめりこんでしまう。

ときには借金を作っている友人を心配してレオンは「気晴らしが気晴らしじゃなくなったらやめどきだよ」と忠告していたけれど、「まだ気晴らしだよ」とブルーノは取り合わなかった。

実際、周りに迷惑をかけることはなかったからギリギリ「趣味」で収まっていた。

しかし、今年になってたちの悪い胴元に目をつけられて、手に負えない借金をつくってしまったのは弥洋が調べたとおりだ。

金策に走り回っていたブルーノは、彼がヴァレンバーグ監督の関係者だと知る例の胡散くさい記者たちに多額の紹介料を提示したうえで取材を依頼されて……魔がさした。

簡単に借金を返済できた「成功体験」はブルーノの価値観をギャンブルと同じく変えてしまった。

どうしようもなくなったらレオンがいる。レオンには利用価値がある。もちろん友達だから彼を困らせたくはないけれど、でも、ものすごく自分が困っていたら少しくらい力を借りてもいいはず。だって友達だから。レオンは『ホテル　サガミ』のようなラグジュアリーホテルを定宿にしてマイ・バトラーサービスを付けているくらいの成功者で、たくさん稼いでいるんだから。映画だってどんな邪魔が入ろうといい作品ならヒットするはず。しなかったら作品が悪いはずだし、持ち前の才能を活かしてすぐに次を作ればいい。

そんな自分勝手な考えを戒める良識は、ギャンブルの魅力の前にあっけなく消えた。

また負けが込んできた。そろそろ手を打たないと。でもレオンはあれ以来インタビューを受けるのを拒んでいるから別な手段を考えないと。

そんなブルーノの目に飛びこんできたのがやたらと派手で綺麗な男、睡蓮だ。

いつになくレオンがご執心で……いい金づるになってくれそうな存在。

気をつけて見ていると二人はよく食事に行き、レオンの部屋に帰る。二人の仲を匂わせるネタが欲しいところだけれど、『ホテル　サガミ』はセキュリティがしっかりしていてスタッフの見回りが多いし、監視カメラもあるから下手な真似はできない。外食だけなら同性だけに「ただの友達」で切り抜けられてしまう。

決定的な写真を求めていたブルーノは花火大会デートを勧めた。そのときに睡蓮がレオンの求愛を受け入れていないこと、得体の知れない添い寝フレンドだということを知って、今回のシナリオを思いついたのだ。――レオンがわざと睡蓮との不自然な関係を漏らし、展開を予想したうえで花火デートで罠を張るつもりだったとも知らずに。

ブルーノはいそいそと餌に食いつき、フリーメールアドレスを取得して仕事用のパソコンに恐喝メールを送り、一芝居うった。

思いがけずにハスミが睡蓮の味方をしたけれど、レオンがバトラーを追い出したときにブルーノは自分の勝利をほぼ確信した。

これで借金を返せる。レオンと睡蓮には悪いことをしたけれど、いつまでたっても恋人になるのを拒否してプライベートを見せない男なんて怪しいし、そんな相手にうつつを抜かしているのは危険だからこれは友人のための親切でもある。「日本だと同性愛者への偏見の目はまだ根強く残ってるし、興行成績に影響するに違いないよ。五百万で片がつくなら、さっさと払った方がいい」とブルーノはレオンを説得した。

そこまで語ったレオンが息をついて、軽く肩をすくめる。

「あんな写真が出回ったところで僕としては痛くもかゆくもないけれど、スイレンに迷惑をかけるわけにはいかない。だから……」

「まさか、相手の言い値を払うことにしたんですか」

「いや。反撃材料をもらうことにした」

「は」

予想外の発言に眼鏡の奥で目を瞬く弥洋に、にっこりしてレオンがブルーノとのやりとりの続きを明かす。


ブルーノが多額の紹介料と引き換えに例の失礼な記者たちの取材を受けたこと、今後もレオンを利用しようとしているのに気づいていること、だからこそ今回花火大会デートでわざと写真を撮られたという現実を伝えたうえで、プリントアウトされた写真と脅迫メールを示して指摘した。

「これはきみの自作自演じゃないのかい?」

「な、なにを……っ、俺がそんなことするわけないだろう? 友達なのに」

「僕もそうであってくれたらと思っていたよ。でも、『友達』の扱いがきみと僕ではもう違っているだろう?」

ブルーノは最初否定しようとしたものの、あくまでも淡々と、理路整然と看破するレオンに最終的に逆ギレした。

自分がやったと認めたうえでわめきたてたのだ。

「五百万でいいって言ってるんだ、レオンには安いもんだろ⁉　もし断るなら本当にこれをゴシップ誌に売ってやるからな⁉　下世話な憶測や噂(うわさ)で作品は貶(おとし)められ、おまえの守りたいスイレンも根掘り葉掘り暴かれるだろうな。それでいいのか⁉」

「本気かい？　きみはいま僕を恐喝しているけど」

「背に腹は代えられないからな」

「そうか……残念だ」

レオンは悲しい気持ちで嘆息して、ソファを立った。身構えるブルーノにはかまわず窓際に向かう。

そこに置いてあったハンディカメラを手に取って、振り返った。にこりと笑って告げる。

「きみの返答次第では必要になるかと思って、撮っておいたんだ。これが何を意味するか、きみならわかるよね、ブルーノ」

「……っ、俺をハメたのか！」

「きみがそれを言うのかい？　僕の信用を裏切って、盗撮までしたのに？」

やんわりとした口調ながらも手厳しく返されて、ブルーノが黙りこむ。

恐喝の現場を撮られたということは、弱みを握られたということ。ブルーノ優位だった形勢が崩れ、強請の上下関係がなくなったのだ。

「……それをどうする気だ？」

「それはきみ次第だよ」

証拠映像を提出して裁判を起こせば簡単に勝てるし、一部だけでもネットに流出させれば大きな話題になる。ヴァレンバーグ監督を脅迫したマネージャーはまさしくマスコミの美味しいネタとなって叩かれ、今後の人生に取り返しのつかない影響が出る。

レオンのインタビュー動画が間違った訳がついていても拡散されたように、一度ネットに出た記事はあとから消そうがいくら訂正しようが完全に払拭することはできない。デジタルタトゥーというやつだ。しかもブルーノの場合は事実。

世界中にファンがいるヴァレンバーグ監督に糾弾されたらどうなるか……事務方とはいえ業界に関わってきたブルーノにわからないはずがなかった。

不安そうな顔をしているブルーノに、レオンはシンプルな提案をする。

すべての写真データの破棄とマネージャー業の退職だ。

「本当にそれだけでいいのか……？」

「ああ」

「俺が受け取った紹介料は……」

「もう使いきってしまったんだろう？　そもそも僕のものを盗ったわけじゃないし、インタビューは終わった。過ぎたことを言っても仕方ない」

「……すまなかった」

「そう思うなら、もうギャンブルはやめなよ」

苦笑混じりの忠告にようやくブルーノは頷く。本当にこれでギャンブルから足を洗ってくれればいいが、先のことはわからない。ひとまず現在は反省したようだった。

プリントアウトされたデート写真はすべて暖炉内で燃やし、ブルーノのスマホ、カメラ、パソコンに残っていたデータもすべて完全に消去させた。

「そっちのデータも消してくれ」というブルーノに、レオンはかぶりを振る。

「データはいくらでも複製可能だから、目の前で消してもらったからって本当にすべて抹消されたかわからないよね。保険としてこれは持っておくよ」

「話が違うじゃないか……！」

「友人だと信じていたきみに裏切られてしまった僕は、もう何を信じたらいいのかわからない。自分で自分の大事なものを守るしかないんだよ」

微笑んで切り返す。寛容な対応をしたからといって以前と変わらない友情を感じているわけではない、と明示したのだ。

「それで、ブルーノ様はいまどちらに……？」

「彼の部屋にいるよ。自分から言い出して『二度と僕を裏切らない』っていう誓約書を作ってる。それをもらったら今度こそ映像を消すっていう約束をしたよ」

たかだか紙切れ一枚だとしても、アナログ形式は証拠として強い。心理的な縛りにもなるだろう。

「ブルーノ様がレオン様の目が届かないところに逃げたとしても、誓約書があればおかしなことはしづらいでしょうしね」

「目の届かないところにはおかないよ」

さらりと答えたレオンに弥洋は目を瞬く。

「解雇されたんじゃないんですか？」

「マネージャーとしてはね。でも、借金のある状態で無職にしたらブルーノはまたギャンブルに手を出すだろうし、僕を逆恨みする可能性が高くなる。映画製作に関わる別な仕事をしてもらうことにしたんだ」

しかも、借金を全額払えるようにお金を貸してあげるのだという。

裏切者に対してずいぶん甘い処置で、やはり友人としての憐れみがあるのかと思いきや、もっと合理的な理由だった。

「監視下に置いといた方がトラブルを起こされにくいし、恩を売っておけばよく働いてくれる。ついでに逆恨みの芽も摘(つ)める。切り捨てた方が気分がいいっていうだけで判断するのは、感情的な愚か者のすることだよ」

ブルーノがレオンを冗談混じりでときどき「ライオン大帝(ル・グラン・レオン)」と呼んでいたけれど、こんなときに納得した。一時的な感情に流されずに大局的な考え方ができるのはまさにトップに立つべき人間、王様だ。

おおらかでありながら繊細、冷静さと温情をあわせもっている稀有(けう)な才能の持ち主。弥洋が忠告するまでもなく身内の裏切りに気づき、罠まで張って解決していた。あくまでも穏やかに、周到に。

とんでもない人だな……と感心した弥洋は、ふと気づく。

レオンがホテルに帰ってきたあと放置しがちなハンディカメラを定位置に戻し、充電しているのはバトラーである弥洋だ。ここ数日、レオンは脚本執筆に専念してカメラをさわっていなかった。今朝も電池残量をチェックしたから間違いない。

「……もしかして、本当は録画していなかったのではないですか」

ブルーノは突然やってきたし、弥洋がこの部屋にいる間レオンは席を立たなかった。録画ボタンを押すタイミングはなかったはず。

おそるおそる確認してみたら、にっこり、きらめく笑顔が返ってきた。無言だけれど、間違いない。彼は元天才子役だ。

「恐ろしい人ですね……！」

唖然とする弥洋にレオンが嫣然と笑う。

「でも、きみは僕を受け入れられる。そうだろう？」

これは質問じゃない。確定の念押しだ。そしてレオンは正しかった。弥洋はただ受け入れるどころか、新たな彼の一面を知って惚れ直している。

苦笑混じりで頷くと、ふっとレオンの表情がやわらいだ。

「最初はね、受け入れてもらえないかもしれないと思っていたんだ。だからさっきはきみに席をはずしてもらった」

それなのに不在中のやりとりをすべて明かしてくれたのは、部屋を出された弥洋が短時間でブルーノの借金を調べ、強請の真犯人の予測を伝えにきたからだった。

「有能なのは知っていたはずなのに、きみを甘く見ていたよ。ハスミの心は僕が思うよりずっと強くて、しなやかだ。きみなら僕のすべてを見せても大丈夫だとわかったんだ」

深い信頼を湛えた瞳で告げられた言葉は、バトラーに対するものとして最上級だ。もはや恋人への睦言に近い。

胸の高鳴りを覚えながらも弥洋は舞い上がらないように自らを制し、プロの笑みを浮かべて「光栄です」とそつなく返す。

「それにしても、ブルーノ様の借金のことをご存じだったとはいえ、レオン様が睡蓮様や私のことをまったく疑われなかったのは意外でした。特に睡蓮様はあやしいところが多かったでしょうし……」

「そうだねえ、彼は秘密が多いよね。いつになったら明かしてくれると思う？」

首をかしげたレオンの問いに、まだ心の準備ができていない弥洋は「さあ……」と曖昧に返す。

「きみを疑い続けていたら、明かしてくれるってさっき言ってたけど」

「……え」

一瞬聞き流しかけた発言の主語が噛み合わないことに気づいて、はっと眼鏡の奥の目を見開いた。

——弥洋を疑い続けていたら、本当のことを明かしてくれるって睡蓮がさっき言ってた、というのはつまり。

レオンがにっこりした。

「知ってたよ、僕の睡蓮（ネニユファール）」

「！」

固まっている間に、レオンが目の前に立った。呆然とした目を向ける弥洋の腕を引いて立ち上がらせ、長身で包みこむように抱きしめる。弥洋はされるがままだ。

毎朝アイロンでまっすぐに伸ばしてきちんと撫でつけている髪を軽く撫で、レオンが楽しげな声で呟く。

「こうしてると硬そうだけど、本当はふわふわでやわらかくて自由な髪なんだよね。どっちもよく似合うけど、固めてない方が手触りがよくてかき混ぜやすいから好きだな」

「ちょ、ちょっと待ってください……。いったい、なんで、私が……いつ……？」

動揺のあまりまともな質問ができなかったけれど、察したレオンが答えてくれる。

「じつは最初から『スイレン』が『ハスミ』だって気づいてたんだ」

「は」

ぽかんとする弥洋と視線を合わせて、ブルーアイズを甘やかな笑みに細める。

「だからこそうれしかった。ずっと惹かれていた相手が、僕のために彼らしくない無茶をしてくれたんだから」

「……あの姿で……、どこで私だと……？　同僚にも気づかれなかったのに……」

「んー……、造形と声と動きかな。骨格や肉づき、パーツの配置やディテールが僕好みで完全にスイレンはハスミの『バリエーション』だったし、声もちょっと高くしてたけどベースが同じだし。あと、やっぱり動きが特徴的だよね。きびきびしていながら静かでエレガントだ」

映画監督ならではの鋭い観察眼、こだわりで睡蓮の正体を瞬時に見破っていたということだ。

初っ端からバレていたのだと思うと下手な演技をしていたのが恥ずかしすぎる。

気づいていると教えてくれてもよかったのに……と思ったものの、もし「ハスミだね」と指摘されていたら弥洋はきっと口から出まかせの言い訳をして遁走していた。レオンのことだからそうなるのを見越して「スイレン」に付き合っていたのだろう。

（ううう、穴があったら入って埋まって消えたい……）

内心で羞恥に悶えている弥洋の背中を撫でながら、レオンが話を続ける。

「ハスミは全然本気にしてくれなかったけど、僕はきみを見かけた最初から惹かれていたんだよ。あんまり困らせたくなかったから冗談のふりをしていただけで、本当はずっときみが言う『不適切』な関係になりたかった」

初めて「ハスミ」を意識したのはフロントで粘着クレーマーに絡まれていたとき——弥洋と同じタイミングだった。

有能なクールビューティーそのものの表情が困惑に少し崩れ、それでもなお冷静かつ適切に対処しようと懸命に努力しているのが額にうっすらと滲む汗や緊張にこわばっている肩や手でわかって、きゅんときた。とっさに割りこんで堂々巡りから救い出したら、ほっとしたように表情がやわらぎ、思いがけない愛らしさに目を奪われた。直後に、背筋を伸ばしてきりりと「プロ」の顔を取り戻した姿に感動し、胸を撃ち抜かれた。

生真面目で仕事熱心な弥洋を知るほど好感が増し、惹かれてゆく。マイ・バトラーに弥洋が選ばれたときには自分まで誇らしく、絶対に最初のマスターになろうと即座に予約を入れ、その後も確実にバトラーとしてついてもらうために来日のスケジュールがわかり次第「ハスミ」の予約を押さえておくようにした。

客からの口説きはセクハラやパワハラになりかねない。かといって何も伝えなかったら意識してもらえない。

だからこそ冗談めかして口説くようにしていたものの、すべて本気だった。何度も伝えることでいつか弥洋が本気にしてくれるのを願っていたけれど、月日を重ねるうちに「いつもの冗談」としてあしらわれ、本気にされない代わりに少しだけ特別な扱い——友情や親愛の情が感じられる関係になった。

それはそれで楽しかったけれど、どうしても「仕事」から逸脱してくれない弥洋をどうすれば恋人にできるのか思案に暮れてもいた。さらに「マスターと不適切な関係になったら異動になる」「仕事が好き」と聞いたことで葛藤が深まった。

「誇りをもって仕事をしているきみの邪魔をしたくない。でも、ハスミがホテルマンでいる限り僕のものにはなってくれない。どうしたらいいのか悩んだよ」

そんな矢先、弱っていたレオンの元に「睡蓮」が現れたのだ。

自分のために仕事が絡まない存在を作り出してくれたのだ、と堅物(かたぶつ)の弥洋らしからぬ冒険に感激し、両想いを確信して天にも昇る心地だった。

多少演技をしているにしろ睡蓮はプライベートモードだからか無防備で、すぐに素が出る。それがまた可愛い。魅力的でたまらない。ベッドでの反応も声も好みすぎて、体の相性も最高でますますのめりこんだ。

正式な「恋人」にしたかったけれど、「仕事じゃないと付き合えない」と睡蓮は言う。正体を知られているとは思っていないからこそ「無理」なのだろうとレオンは持ち前の想像力で理解したのだけれど、そこで手詰まりになった。

こちらから気づいているのを知らせたら、心の準備ができていないうちはシャイな弥洋が逃げてしまう可能性が高い。ならば本人に打ち明けてもらうしかない。

大事に愛して、プライベートの自分を知ってもらって、弥洋がレオンと本気で恋人同士になりたいと思ってくれるまで待つ気だった。

もともとレオンは仕事が人生の中心で、恋愛に重きを置いていなかった。生まれてこの方相手に不自由したことがないせいか本気で誰かを求めることがなかった。お気に入りの「ハスミ」に特別な好意を抱いていながら何年も現状キープできたのは、そういう面も奏功していたかもしれない。

なのに、睡蓮を通じて弥洋のプライベートでの態度を知り、その肌の温度を知ったら、もうそれなしではいられなくなった。

愛おしい。可愛い。もっと欲しい。一緒にいるのが幸せで失いたくない。

もっともっと、睡蓮だけじゃなくハスミもプライベートもぜんぶ欲しいけれど、無理強いはできないからこそ気を長くもって待つのだ。

「スイレン」と「ハスミ」の態度から好かれているのはわかるし、バトラーの性格上ライバルはいないはず。

とはいえ、レオンが知るバトラーの顔はごく一部だ。「睡蓮」に変身して職場に現れる大胆さも、ベッドでの色っぽい姿も、想像したことがなかった。他にも違う顔を隠している可能性は否めない。

そんなとき、いつも以上にめかしこんだ「睡蓮」がバーラウンジで見知らぬ美女に無防備に耳をさわらせ、親しげにおしゃべりしている姿を目撃してしまった。

生まれて初めて頭に血が上った。

子役だったレオンは幼少期から自分の感情をコントロールする術を身に付けていたし、恋愛沙汰で我を失ったことなんてない。それなのにあのときは苛立ちと嫉妬を抑えきれなかった。

どうしてもこの男をひとり占めしたい。自分だけが特別だという証拠が欲しい。

無茶な要求に睡蓮は生贄の羊のように従順に自らを差し出して、その美しい体にレオンのためだけの秘密をもつことを許してくれた。

おかげでレオンは確信できた。睡蓮は……弥洋は自分だけのもので、呼び名など関係なくもはや恋人なのだと。

愛されている自信をもてたことで状況を冷静に考えられるようになったレオンは、弥洋にとっても自分にとってもベストな将来について計画を練りつつ、ひとまずは現状を受容していたというのが数分前までのことだ。

そしていま、レオンは二人の関係を正式に『不適切』なものに変える決意をしている。

「愛してるよ、ハスミ……僕の睡蓮(ネニュファール)。バトラーのときの真面目で有能で凜(りん)としているきみも、睡蓮のときの可愛くて楽しくて色っぽいきみも、どちらも世界一魅力的で知るほどに好きになってしまう。もっときみを知りたいし、僕のことも知ってほしい。きみのいない人生なんてもう考えられないんだ。どうか僕の恋人になってほしい」

情熱的な訴えにどうしようもなく胸が高鳴った。

「……俺もあなたを愛しています。でも……」

「その先を言う前に、僕の勧誘を聞いて」

逆接の続きを唇に人差し指を当てたレオンがにこりと笑って遮る。

勧誘？　と目を瞬く弥洋に彼が告げた。

「きみに、本当に僕だけのバトラーになってほしい。秘書兼マネージャーとして引き抜きたいんだ」

「……！」

「きみが仕事を好きなのも、最高のホテルマンを目指して努力してきたのも知っている。僕自身がその恩恵に与ってきたからね。だけど、検討してみてほしいんだ。僕はきみの有能ぶりにも惚れているんだよ、ハスミ。公私ともに僕のパートナーになってもらえたらうれしい」

好きなひとと働き、ずっと一緒にいられて、恋人になれる……魅力的な誘いだけれど、即断は難しかった。なんといっても人生を左右する選択だ。

「……少し、考えさせてください」

「よかった、言下に断られなくて。いい返事が期待できそうだ」

にっこりするレオンに眉を下げてしまう。

「そんな言い方をされたら断りづらくなります」

「うん、断らないで？　僕ほどきみを求めている人はいないから、ぜひ頷いてほしい。せめて恋人としてだけでも」

弥洋の目を見つめて囁いたレオンは、どうしてもホテルの仕事がいいなら今後も「睡蓮」として会ってくれるだけでいい、とまで言う。

「本当にそれでもいいんですか」

「よくないけど、ハスミがそういう形でしか僕のものになれないというのなら受け入れるよ。きみといられることだけが僕の願いだ」

「……恋人には、なりたいです。仕事についてはまだ考え中ですけど……」

「ありがとう、僕の美しい花（フルール）」

求めに半分だけ応じた返事でも、レオンはうれしそうに、とろけるように笑った。その笑顔にこっちの胸までふわりとあたたかくなり、満たされる。

無意識に唇がほころんだら、そっと大きな手で頬を包みこまれた。眼差しにこれから何をされるか察して鼓動が速くなり、唇がうずうずしたけど、弥洋は二人の顔の間に手を差し込んで甘い時間のプロローグを止める。

「仕事中です」

「ええ……」

さすがのレオンも不満げな声を漏らしたけれど、そろそろ誓約書を書き終えたブルーノが来るのではと指摘したらため息をついて手を離してくれた。

「恋人が有能すぎるのも困りものだな……」

「おそれいります」

すまし顔で返して、体を離す前にレオンの耳元に背伸びして囁き声の約束を残す。

「……夜に、来ますから。今度は『仕事』じゃなく恋人として」

ぱあっと輝いたブルーアイズは喜びに満ちて美しく、それを間近で見られる夜の訪れが待ち遠しかった。

晴れて両想いになったマスターの命で早々に本日のバトラー業務を終えた弥洋は、いったん帰宅してプライベート仕様になってから『ホテル　サガミ』のエグゼクティブ・スイートに戻ってきた。

ふわふわと自由に踊る髪、睡蓮ほど派手でもお洒落でもないけれどお気に入りの服。ブルーのエクステとカラコンはしていない。代わりに眼鏡で視力補正をしている。その眼鏡も仕事用のかっちりしたデザインじゃなく、プライベート用で細身だ。

今夜は「睡蓮」でも「ハスミ」でもない。「弥洋」として行くのだ。

眼鏡姿だと同僚たちに気づかれないか少し気になったものの、以前、ビストロの店主にプライベートで会ったときに人は髪型と雰囲気で個体判別しているのを実感した。堂々としていたら注意も引かない。

無事に気づかれることなく通い慣れたフロアに到着し、スイートルームのチャイムを押すと、待ちかねていたようにドアが開いた。弥洋の姿を目にするなり、レオンの美貌が甘い笑みにとける。

「いらっしゃい、ヤヒロ」

初めての呼び方にはっとしたら、何か言うよりも早くその腕の中に攫われて抱きしめられた。背後でドアが閉まる。

「……俺の下の名前、知ってたんですね」

ドキドキしながら指摘したら、ハスミのときとは違う、ふわふわの髪を愛おしげに指で混ぜながらレオンが頷く。

「もちろん。いつか呼びたいなって思ってたから、いま僕はとても幸せだ」

「レオン様……」

思わず零れた呼びかけをキスで止められる。

「駄目だよ、言葉遣いもヤヒロに変えて」

「……わかったよ、レオン」

「その調子」

にっこりしたレオンがご褒美のような軽いキスをくれたと思ったら、すぐに深く重なってくる。日中に止められて、我慢していたぶんを取り戻すかのように貪欲で淫らなキスにあっという間に体温が上がり、膝が震え始めた。

「レ、オン……っ、まって……」

「ん……、ごめん、夢中になってた」

広い背中にしがみついた弥洋からようやく唇を離し、ぺろりと自らの唇を色っぽく舐めたレオンが腰を抱いて支えてくれる。ふ、とブルーアイズを細めて弥洋のズレてしまった眼鏡を直した。

「これ、スイレンのときはなかったからぶつかるのが新鮮だな。あと、ヤヒロの瞳……」

「瞳？」

「とても、とても美しい。ハスミのときはこんなに近くに来てくれなかったし、スイレンのときは人工の色をしていたから、ずっと本物を間近で見つめたいと思っていたんだ。深く澄んで、黒曜石のようだね。魂ごと吸いこまれてしまいそうだ……。眼鏡をはずして、直接見てもいい？」

「い、いいけど……」

「ありがとう」

　熱烈な褒め言葉に照れながらも頷くと、すぐに眼鏡をはずされる。うっとりと見つめてくる美貌が近い。

　もともと弥洋は眼鏡がなくてもそこそこ見えるくらいは視力がある。眼鏡をかけている方が楽に、クリアに見えるのと、職業がら年齢が上に見える方が信用を得やすいこともあって裸眼じゃなかっただけ。

　この距離だと眼鏡がなくてもまったく問題なく見えて、目をそらせなくなる。

（レオンの瞳こそ綺麗で、溺れそうだ……）

　熱を帯びていつもより色を深くした海色の瞳に魅入(みい)られたように見つめ返していると、するりとあたたかな手で頬を包みこまれた。

　吸い寄せられるように唇が深く重なる。何度キスしても足りないかのように、重なっている方が自然なことのように。

離れることができないまま、キスで交わりながらバスルームへと移動する。ベッドルームじゃなくバスルームなのは、睡蓮のときに作られた弥洋の体の秘密をレオンが手ずからケアしているからだ。

キスしながら服を脱がされ、弥洋もレオンのシャツのボタンをはずして逞しい体に直接手を這(は)わせる。キスだけですっかり反応して下着を押し上げている自身に羞恥を覚えるけれど、レオンの立派なものも同じでほっとする。

視線を感じたのか、レオンがくすりと笑った。

「どうかしたの？」

「べ、べつに……っ」

「そう？　さわりたいのかと思った。僕みたいに」

大きな手を下着の中にもぐりこませたレオンが、止める間もなく感じやすい果実を手のひらで包みこむ。びくっと震える弥洋を抱きしめ、こめかみに口づける。

「もう先っぽを濡らしてて、本当に可愛いな……。食べてあげようか」

「ん……っ、だ、駄目……っ」

「どうして？　お風呂、入ってきてるよね？　いい香りがしてるよ、僕の花(フルール)」

「だ……って、ああ……っ」

理由を聞いておきながら返事を待たず、ずるりと弥洋の下着を押し下げてそこを剝き出しにしたレオンがダイレクトな快感を与えてくる。こめかみから熱くなった耳、首筋、鎖骨へとたどる唇。つんととがった胸の突起を含まれて、上と下両方からの鮮烈な刺激に膝が折れそうになったのに、大きな体で壁に押しつけられ、支えられて叶わない。

「レ、オン……っ」

「ん？」

きらめくブルーアイズでちらりと見上げたものの、恋人は胸からさらに下に向かう。張りつめて蜜を溢れさせている弥洋の先端にぬるりと舌が触れて、抑えきれない声が漏れる。

たしかにお風呂には入ってきたけれど、体の準備もしてきたけれど、美貌の恋人にそこを口に含まれるのはどうしても申し訳ないし、恥ずかしい。なにより視覚の暴力だ。

なのにレオンは弥洋のそこを口で愛撫することにためらいがない。むしろ恥ずかしがるのが可愛いと言ってちょっと強引に愛撫してくることもしばしばだ。

快楽の中枢を虜にされたら抵抗できるわけもなく、すっぽりとのみこまれ、濡れた粘膜に包みこまれる気持ちよさに腰が震えた。

「だめ、だめっ、もうでるからっ、レオン……ッ」

離して、と泣いて訴えても聞いてもらえなかった。逆に放出を促すように先端の小さな孔(あな)を舌先で強く抉(えぐ)られ、やわらかな袋まで揉みこまれて、限界を迎える。

達している間も舌を絡めながら吸い上げられ、びくびくと体が震えた。ごくり、と飲まれる振動さえ快感になって涙混じりの声が漏れる。

最後の一滴まで吸い出すようにしてから、レオンがようやくそこから口を離した。艶めかしく唇を舐めた彼は、ぐったりと崩れ落ちる弥洋を抱き留めて淫靡に笑う。

「気持ちいいのと、僕に精液を飲まれる申し訳なさに混乱して泣いてしまうきみは、世界一可愛いな」

「わかっていて、飲むあなたは……っ、たちが悪い……」

「僕のは飲んでくれるのに、飲まれたくないなんて不思議だよね」

ふらつく弥洋をバスタブの縁に座らせて、シャワーを出したレオンが軽く首をかしげる。

「……自分がするのと、してもらうのとは、全然違うから……」

「奉仕されるよりする方が好きってこと？　根っからのバトラー気質っていうべきなのかな？　でも僕もしてあげたいから慣れようね」

「ん……っ」

甘い命令に返事をする間もなく、適温になったシャワーで過敏になっている下肢を流されて息を呑んだ。震えている弥洋の脚を開かせて、間に陣取ったレオンが見慣れたシェービングフォームと剃刀を手にする。

「……もう、剃らなくてもいいんじゃない？　俺があなたのものなのはわかってるよね」

「ああ。きみが僕のものっていう証拠はもういらないよ。ただ……」

「ただ？」

「ここの手入れをされるときのきみが、恥ずかしそうにしているのに興奮していくのを見るのが好きなんだ。とても色っぽくて、最高に可愛い」

ちゅ、と腿にキスを落としたレオンのブルーアイズに見上げられて、ぞくぞくすると同時ににじわりと顔が熱くなる。

彼の言葉どおり、丁寧でやさしいレオンの手、恥ずかしい場所に注がれる強い視線に、弥洋はいつも自身の反応を抑えきれなくなってしまう。そんな淫らな自分を見られたくないから終わりにしてほしかったのに、それこそを求めていると言われたら何も言えない。

今夜も断りきれずにレオンの求める姿をさらしてしまった。毎晩のように手入れされているそこはあの晩からずっとなめらかなままで、今後もきっとレオンが同じ状態をキープし続けるのだろう。

「レオン……、もう、そこ、離して」

「どうして？」

すらりとした脚の間で膝をついて、秘密の場所のケアを終えたレオンが吐息がかかる距離でくすりと笑う。大きな手にやんわり握られている弥洋の果実はさっきイかされたのにまた頭を擡げていて、かすかな吐息にも敏感に反応してふるりと震えた。

羞恥に目許を染めて弥洋は恋人を軽くにらむ。

「わかってて聞くとか、意地が悪い……」

「ごめんね。でも、そんなに可愛い顔をするものじゃないよ。もっと虐めたくなってしまうだろう」

下腹に顔を寄せられた、と思ったら、泡を洗い流されたばかりの肌をレオンの舌が這った。温かくぬめるものの感触に背筋がざわざわする。

勃ちあがっている果実のつるりとした根元を舌先でくすぐられ、「ん……っ」と息を呑んだ直後、きゅっと吸い上げられた。きわどすぎるところへのキスと刺激にびくんと腰が震え、自身に完全に芯が通る。

「見てごらん、ヤヒロ」

「……？」

息を乱しながらも目を開けた弥洋は、ぺろりとレオンが舐めたところ……無毛の肌に残されたキスマークに気づいて、かっと頬を熱くした。

もう本当に、こんなの誰にも見せられない。見せるつもりもないけれど、普通ならこんなにクリアに残せない場所に焼き印のようにつけられたマーキングの羞恥は想像以上だった。

うう、と瞳を潤ませた弥洋はレオンの脇に転がっている剃刀に気づく。

「……俺も、レオンに同じことしようかな」

ほんの少しの恨(うら)みがましさを滲ませた呟きに、レオンがにこりと笑った。

「いいよ」

「えっ」

「僕はとっくにヤヒロのものだ。きみの好きなようにしてくれていい、愛しいひと(モナムール)」

まさか受け入れられるとは……とおろおろするのに、レオンは本当に弥洋の手に剃刀を渡してこようとする。

「かつてヨーロッパの貴族の間では陰毛の処理はマナーだったというし、ヤヒロ以外に見せるつもりもない。きみがおそろいがいいというなら任せるよ」

「いや、ちょ……っ、その、いいですっ、レオンはそのままで……っ」

「そう？　僕のここにきみもキスマークを残したくなったんじゃないの？」

剃刀の受け取りを拒否する弥洋に瞳をきらめかせたレオンが、立派なものの根元の茂みに弥洋の指を誘う。そこは彼の髪よりも濃い色をしていて、より剛毛で、豊かだ。

極秘のキスマークを残す誘惑は大きかったけれど、かぶりを振った。

「レオンのは、そのままがいい」

「本当に？　遠慮はいらないよ」

「してないよ。その……、当たるのも、気持ちいいから……」

「ああ……、きみは入口もとても感じやすいものね」

ふふ、と笑ったレオンが弥洋の片脚を肩に抱え上げる。

「あっ」

止める間もなく、持ち上げられた脚のせいで無防備になったあらぬ場所に指先が忍んできた。小さな蕾をほころばせ、彼のために開かせるために。

シャワーで濡れたそこを揉みこむようにしながら撫でられ、ぞくぞくして息が上がる。

「ふ……っ、う、ぁん……っ」

「……ヤヒロ、ここの準備、してきたの？　もうやわらかい」

ずぷり、と長い指を押しこまれて甘い声が勝手に漏れる。かあっと全身を淡く染めながらも目を伏せて頷いた。

いい雰囲気になったときに「仕事中です」と止めたのが申し訳なかったからこそ、欲しがられたらすぐにできるように頑張って家で準備してきたのだ。

はあ、とレオンが大きく嘆息した。

「駄目だよ、一人でしたらいけない……」

「え、あ、ご、ごめんなさい……っ」

淫らさに呆（あき）れられてしまったかとおろおろしたら、内腿をかじりながらレオンがさっき以上に熱のこもったブルーアイズで見上げてくる。

「謝らなくてもいいけど、どうせなら僕の目の前でして？　それが嫌ならぜんぶ僕にさせて。

きみを咲かせるのは恋人の特権なんだから」

思いがけない要求に目を瞬く。とりあえず、目の前で一人で準備して見せるのはパスしたい弥洋には恋人にすべて任せる以外の選択肢がなくなった。

一人で準備してきた罰、もしくはご褒美のように指だけでイかされ、すっかり力が抜けてしまった体をふかふかのバスタオルでくるんでキングサイズのベッドまで運ばれる。

ばさりとバスローブを脱いだレオンがペットボトルのミネラルウォーターをあおり、口移しで弥洋にも飲ませてくれる。何度めかで満足した弥洋はバトラー以上に面倒見のいい恋人に笑みをこぼした。

「至れり尽くせりだ」

「きみを見習ってるんだ」

「俺はここまでしてあげてないけど」

「今度から期待してるよ」

くすりと笑ったレオンが水気の残る唇を舐めて、小さく身を震わせた弥洋のすらりとした脚を撫でながら開かせる。逞しい体を間に割り入れた彼の湿って色が濃くなった髪の先から落ちてきた水滴に目を閉じるのと同時に、深く唇を奪われた。

舌を絡めあいながら金色の鬣（たてがみ）のような髪に指をもぐりこませる。あとで乾かしてあげたいけれど、そんな体力が残っているだろうか。残ってなかったら明日、バトラーに戻ってから特別サービスとしてケアしてあげよう。

数時間前にレオンから言われた仕事の誘いが脳裏をよぎる。

恋人兼マネージャーとして彼と共に働く未来。お客様として訪れるレオンをホテルで待つのではなく、彼と並んで歩く世界。

バトラーとして仕えるのではなく、恋人としてお互いを大事にするのだ。特別サービスなどという言い訳もしないで。

(ああ、俺、心が決まったな)

どこか他人事(ひとごと)のように弥洋は自覚する。

いまの仕事が好きだし、誇りを持っているけれど、それは新たなチャレンジをしない理由にはならない。やってみてうまくいかなかったらやり直せばいいのだ。要は、やりたいか、やりたくないか。

答えはシンプルだった。

でも、返事はあとにする。いまはお互いを味わうので忙しくて、のんびり言葉を紡いではいられないから。

しっとりと潤い、熱を帯びて感度の上がっている肌を大きな手がすみずみまで味わうようにたどる。感じやすいところは特に念入りに愛撫しながら、弥洋の欲情をさらに燃えたたせる。

きゅんと硬くなった胸の突起を口に含まれ、軽く歯で挟んだそこを舌ではじかれる。もう片方まで指先でつまみ、さらにとがらせるようにひねられたら、両胸で生まれた快感が体の中心に響いて、さわられてもいない自身から蜜が零れて平らな腹部を濡らした。

ちらりと目をやったレオンがブルーアイズを細めた。

「胸だけでイけそうだね？　やってみようか」

どく、と鼓動が速くなる。

ほんの数カ月前まで、そこはただの乳首だった。見られてもべつに恥ずかしくなくて、弄ろうとも思わなかった場所。それが、レオンに抱かれるようになって特別な性感帯に変わってしまった。

いまの弥洋なら、たぶん胸だけでもイける。でも。

「今度にして……？　いまは、レオンがほしい……」

乱れる息の合間に本心からねだったら、ごくりと彼の喉が鳴った。煽れたんだ、と内心で安堵と喜びを感じた矢先、にこりと笑って問われる。

「どこに？」

「……っ」

「教えて、ヤヒロ。どこに、僕の何が欲しいか」

ふに、と唇を指で撫でられる。これは「言って」、もしくは「こっちに欲しい？」……どちらもありうる。

察しがいいくせに悪戯好きなレオンは、弥洋の本心をわかっていてわざと遊ぶことがある。ここは意地を張らずに素直に答えた方がいいだろう。……とはいえ、言葉にするのは弥洋にはまだハードルが高かった。

少し迷ってから、そっとレオンの手を取る。

「……ここに、レオンの、これがほしい……」

ほとびてひくひくしている蕾に触れさせ、自分はレオンの熱塊を手のひらで包む。ぐん、とそれがサイズと硬度を増してぎょっとしたら、彼が大きなため息をついた。

「ああもう、きみは常に僕の予想の上をいくよ」

それはレオンの方だ、と言い返そうとした声は甘い嬌声に変わった。体の中に長い指が押し入ってきたせいだ。ぬくぬくと動かしながらレオンが少し眉根を寄せる。

「……さっきあんなに弄ったのに、きみの可愛い花は時間をおくとすぐ閉じちゃうね。つつましさも生真面目さも愛おしいけれど、このまま挿れて痛くなったらいけないから……」

言いさしたレオンが指を抜いたと思ったら、ぐいと両脚を抱え上げられた。

あらぬところを恋人の眼前にさらす格好に目を見開いて固まっている弥洋の頭上で、美貌のひとがぺろりと赤い舌をのぞかせる。

「舐めてあげよう」

「えっ、あっ、だめ……っ、そんなとこ……っ」

「大丈夫、さっきお風呂で中まで洗ったよ。毛が当たるだけで気持ちよくなっちゃうくらいヤヒロのここは敏感なんだから、絶対舐められるの好きだよ」

　顔を寄せるなり、ぬる、と艶めかしいものがありえない場所に触れて動揺の声が口から飛び出す。けれどもレオンは気にしてくれない。ぬるぬるとそこで舌を使い、弥洋が懸命に閉じようとしている蕾をやさしくも執拗に開かせようとする。

　弥洋が思う以上にそこは刺激に敏感だった。くすぐったさと名状しがたい感覚がないまぜになって、悪寒だか快感だかわからない震えが背筋を渡る。

　そこがやわらぐにつれ、ぬちゅ、くぷ、と濡れた音がたって鼓膜まで嬲られた。にゅるる、と深くまで入ってきたものに全身がぞくぞくと粟立つ。

「やぁ……っ、レオン、なか、舐めるの……っ」

「うん……、気持ちいいね、ヤヒロ？　ほら、前もとろとろだ」

　先端を指先で撫でられて、びくんと腰が跳ねる。レオンの指がなめらかにすべるのは、後ろを舐められているだけで弥洋の果実がしとどに蜜を漏らしているからだ。

　快感を得ている証拠を突きつけられて羞恥に炙られ、認めざるをえなくなる。

　気持ちいい。そこからとけてしまいそうだ。でも、もっと濃厚で強烈な悦楽がその先にあるのも知っている。

「レオン……っ、もう……っ」

「まだ駄目だよ。もっととけて、僕の可愛い恋人」

張りつめた果実を手のひらで包みこんで絞るように愛撫しながら、にゅくにゅくと後ろを舌で犯される。甘い声も涙も抑えられなくなり、ぎゅうっとつま先が丸くなった。

「だめ、イく、もうイくから……っ」

「うん」

イっていいよ、というように前を扱きあげられ、深く舌を挿れたレオンが敏感な蕾の縁に歯を当てる。ビリビリと電流のような快楽が全身に渡って、気づいたら頬や胸に自らの蜜が散っていた。

ぜいぜいと息をきらせている弥洋の中から舌を抜いて、レオンが青い瞳を光らせて笑う。ぐったりと力の抜けた脚をおろした彼が、体を伸ばして上気した頬を舐めた。

「ほら、やっぱりきみは舐められるのが好きだった」

激しく鼓動する胸に飛び散った蜜を手のひらで塗り広げながら、レオンが悪戯に小さな突起を弄ってくる。

達したばかりの体に与えられる愛撫はもはや甘い拷問だ。いやいやをするようにかぶりを振って逃げようとすると、獲物を捕らえるように首筋を噛まれた。強めの刺激にざあっと総毛だつ。

「はぁ……っ、や、レオン……、なんか、俺の体、おかしぃ……っ」

「おかしくないよ。どこもかしこも綺麗で、感じやすくて、最高だ」

首筋を甘噛みしながら、レオンは弥洋を奏でるように手のひらで胸から腹、脚の間へと撫で下ろしてゆく。たっぷりと舐められ、ほころばされた蕾に触れられると、もっと奥まで欲しがるようにそこが指に吸いついたのがわかった。ずぷり、と入れられて、たまらない愉悦に軽く達する。

（イったばかりなのに……っ？）

自分でも信じられない。だけど、奥がきゅうきゅうとうずいてたまらない。レオンの熱くて硬くて太いものでいっぱいに満たされて、熟れた粘膜をめちゃくちゃにされたいと全身が訴えている。

「俺、こんなじゃなかったのに……」

困惑に潤む瞳と視線を合わせて、レオンが愛情に満ちた笑みを浮かべる。

「僕のために変わってくれたんだよね。ありがとう、ヤヒロ。愛しているよ」

深く唇が重なってくる。入ってきた舌の代わりのように体内から指が引き抜かれ、喪失感にひくひくしているそこに灼熱が触れた。期待に鼓動が速くなり、とろけきった粘膜を圧し拓かれる。

「……っふ、ぅ……、んンぅ――……ッ……っ」

強くこすりあげながら満たされるだけであまりにも快くて、背がしなった。声はすべて恋人の口がのみこんでくれるけれど、そのぶんが涙になって零れる。

（なんか、なんかこれ、やばい……っ）

体の奥底から湧きあがってくるような悦楽が指先まで満ちてゆく。得体の知れない大きな波が押し寄せてくるのを感じて弥洋はとっさに広い背中に爪をたてた。

「ん……？」

息を乱しながらもレオンがキスをほどき、弥洋と視線を合わせる。燃えたつようなブルーは熱にきらめき、快感をこらえて眉根を寄せているのが色っぽくてぞくぞくする。きゅうんと中が狭まり、自らをさらに追い込む。

「レオン、どうしよう……、もう、イきそう……っ」

ふ、とレオンがとろける笑みを見せる。やさしく髪を撫でながら濡れた目尻や頬にキスを降らせ、甘く囁いた。

「いいよ、イって。僕もイきそうだ」

「でも……」

これまでと違う絶頂がきそうで怖い、という気持ちが顔に出ていたのか、眉間にキスを落として開かされる。

「なにも怖くないよ。きみを抱いているのは僕だし、僕はきみのすべてを愛してる。……だからもっと僕を受け入れて、ヤヒロ」

耳朶を甘噛みしながら吹きこまれた声は少し苦しげで、悦楽をこらえている艶めかしさにきゅうんと体が内側から甘く絞られた。

お互いに息を呑み、視線を絡める。

「うん……、きて、レオン」

恋人の背中に回した腕で抱きしめると、再び深く口づけられて侵攻が再開した。

長大なものが押し入ってくる、それだけでえもいわれぬ快感の波が襲ってくる。強烈すぎる感覚に涙は出るけれど、怖くない。レオンが与えるものだから。恋人がしっかりと抱きしめてくれているから。

ずうん、と脳天まで響くような快感に襲われ、繋がったところに豊かな茂みがぶつかるのを感じた瞬間、目の前で星が散った。

「〜〜〜〜ッ」

声も出せずにびくびくと体を震わせると、ぐっとさらに奥へと腰を入れたレオンがその身をこわばらせた。最奥にぶわっと熱が広がる。熟れきった粘膜を熱い飛沫で濡らされるのも快くて、ふうっと体が軽くなったような気がした。

手放しかけた意識を引き留めたのはレオンの動きだった。達したはずなのにまだ太く硬いもので押し回すようにして痙攣している内壁を捏ねられ、出したものを過敏になっている粘膜に擦りこむようにされて、たまらず泣き声が漏れる。

「やぁっ、や、とまって……っ」

「ン……、よかった、トんでないね」

はあ、と大きく息をついたレオンが湿って色の濃くなった金髪をかき上げた。艶めかしく唇を舐めて、目を細める。

一度放出したことで表情にも声にも余裕が復活している。こっちはまだ指先まで痺（しび）れて震えているのに。

乱れた息をこぼす唇にレオンが褒めるようなキスを落とす。

「きみは素晴らしい、最高だよ、愛しいひと（モナムール）。挿（い）れただけで終わりだなんて、もったいなくて耐えられないよ。……続けるけど、ついてこれるね？」

強い視線、決定事項を告げる低い声にぞくぞくと背筋に甘い痺れが渡る。

「……でも、俺もう、何度もイった……」

「そうだね。でも、さっきは出してないだろう」

思いがけない言葉に目を瞬くと、二人の体の間に手を入れたレオンが弥洋の果実をやさしく握る。

「ヤヒロのここ、見てごらん」

そこは精を放ったあとのまま――やわらかい状態で、さっきの絶頂が放出とは無関係だと示している。

「僕に愛されるだけで出さずにイけるようになってくれたなんて、きみはどこまで僕を骨抜きにする気なんだろう」

「うぁ、あっ、そこ、弄ったら……っ」

「ん……、やらしい形になってきたね」

内側からも愛撫するようにレオンが腰を使う。ぐりぐりと泣きどころを抉られて果実の先端から蜜が滴り、彼の手の中でそこを強制的に実らされた。

「レ、オン……っ」

「今度は出しながらイくといい」

「ひ、ゃあ……ッ」

体に回っている腕に力が入ったと思ったら、ぐいと抱き起されて高い悲鳴があがる。恋人の膝の上に座らされた弥洋は、自重でありえないほど深くまで熱根に串刺しにされてしまう。

「こん、な……、奥……っ」

「ああ、初めてだよね。苦しいかな」

勝手な真似をしておいて、気遣う表情で髪を撫でてくれるレオンの手はやさしい。やめてくれる気はないくせに、弥洋を大事にはしているのだ。

「僕の目を見て、ヤヒロ」

「ん……」

厚い肩に伏せていた顔を上げると、美しく熱に濡れた海の色の瞳と視線が絡む。

「ゆっくり、深い息をして」

長い指が上気した頬を撫で、薄くひらいてせわしない呼吸を繰り返している唇に触れる。

言われたとおりに呼吸を意識したら、汗ばんでいつも以上にくるんと巻いている黒髪を褒めるようにやさしく混ぜられた。

眼差しが、仕草が、声が、愛情に満ちている。

溢れて、弥洋を満たす。

密着した素肌の熱も体の硬さも愛おしくて、全身に満ちる幸せにふいにつま先までが喜びに震えた。

「あぁあ……っ、ん……っ……」

「……ン、どうしたの？　いま、動いてないのにイった……？」

「わ、かん、な……っ、なんか、すごい、ぶわって……」

目の前がチカチカするのが自分でも不思議で、でも幸せで、くたりと逞しい体にもたれて呟くと、やさしい手でレオンがまた髪を撫でてくれる。

「気持ちでイったのかな」

「ん……、そうかも……」

「可愛いな……。大好きだよ、ヤヒロ。僕だけの美しい花。愛してる……」

「あっ、あ、だめ、またクるから……」

びくびくと体を震わせて止めると、色っぽく笑ったレオンに汗ばんだ額をくっつけられた。

「じゃあ、きみから僕に言って。いくらでも受け止めるよ」

「ん……、好き、大好き、レオン。あなたを愛してる……んん……っ」

唇を深く奪われて愛の言葉を飲みこまれる。キスをほどいたレオンが、はあっと大きく息をついた。

「……駄目だな、受け止めるって言ったのにこっちからもあげたくなるし、体ごと愛したくなる……」

「ん……、いいよ、動いて……」

「なか、もう苦しくない？」

気遣ってくれる恋人に頷いて、「きもちいい……」と吐息混じりで答えると、埋めこまれたものがびくんと跳ねて息を呑んだ。

色っぽく大きな息をついたレオンががっちりと細い腰を掴む。

「動かすよ？」

「ん……」

頷くと、ゆっくりと大きく円を描くように腰を回された。密着したあちこちがすべてこすれて感じ入った声が漏れてしまう。たっぷり中に出された白濁が動きに合わせてぐちゅりと淫らな水音をたてて漏れ出て、鼓膜まで嬲られた。

「あぁあ……っ、だめ、だめになる、こんなの……っ」

こんなに深い快楽を覚えたらレオンがいないと駄目になってしまう。これ以上は無理だ。無意識の恐れから逃げようとする体をレオンは逃がさない。熟れきった粘膜に快楽をじっくりと植えつけるような緩慢さで同じ動きを繰り返して、低く、甘く囁く。

「うん……、駄目になったらいいよ。ぜんぶ僕に明け渡せばいい」

許されて、望まれて、とっくにぐずぐずだった理性が崩れ落ちる。

すべてを欲しがる王様は、無理強いせずに望みを果たす。

困ったことに、そんなレオンが弥洋は好きなのだ。バトラーから恋人に変わったことで、もっと甘やかしてしまう未来が予想できたけれど、惚れた弱みだと受け入れた。

そうして、恋人の望むまま弥洋は濃厚な悦楽を分かちあった。

【8】

シャンデリアがきらめくホール、ドレスアップした人々、深紅のカーペット。

世界的な映画祭で数ある作品の中から選ばれてノミネートされるだけでもすごいことなのに、レオンの新作は最多部門でノミネートされたうえに見事作品賞と衣裳デザイン賞を受賞した。

いま、まさに授賞式の真っただ中だ。

きらびやかな世界にいてもひときわ輝き、周りを圧倒するようなオーラを放っている恋人のレオン・フォン・ヴァレンバーグ監督は、光あふれる舞台で受賞の喜びと感謝のスピーチをしている。

その姿をまばゆく、誇らしく眺めている弥洋がいるのは関係者のみが座れる席だ。近くには主演や助演の俳優たち、衣裳部門のデザイナーをはじめノミネートされた部門に携わったスタッフたちが顔をそろえている。

「……最後に、僕を支えてくれたパートナーに心からの感謝を」

スピーチの結びを口にするレオンの視線がまっすぐに弥洋に向けられた。

二人の関係を秘密にする気がどうにも感じられないけれど、ゆうべの草稿段階で入っていた「公私ともに」と「最愛の」の部分は削ってもらったから一応セーフだ。

周りからは弥洋の隣にいる美しい主演女優に向けられた視線のように見えるだろうし、熱愛中の噂がたてば広告になるからかまわない。そうでなくても弥洋の仕事ぶりを見ていればビジネスパートナーへの納得の謝辞になるはず。

（受賞したら恋人だって公表することについて考えてもいいって言ったから、あれは半ば許可をもらった気でいるな……）

眼鏡ごしに視線を受け止めた弥洋は内心で苦笑する。

公表するのは嫌ではないのだけれど、しない方が日常生活を送るうえで何かとラクだ。パパラッチに追われるのも、興味本位でつつかれるのも面倒だから。

しかしレオンはＬＧＢＴＱが世界で最も暮らしやすい国といわれるベルギー出身、偏見がないぶんオープンにするのを当たり前と思っている節がある。

そのうち公表することになるだろうけど、受賞直後の注目を浴びている時期はパスしたい。あとで話し合おうと思う。

やんわり強引だけれど、話せばわかってくれるのが恋人のいいところだ。

いま、弥洋は公私ともにレオンのパートナーだ。一年前に惜しまれながらホテルを円満に退社し、恋人の秘書兼マネージャーになった。

もともとマイ・バトラーサービスで秘書のような仕事もしていたし、ホテルスタッフとして培った無茶ぶりへの対応力と目配りはどんな仕事でも重宝される。有能なホテルスタッフだった弥洋はマネージャーとしても敏腕で、完璧な仕事ぶりとこまやかな気配りが仕事仲間に喜ばれ、レオンの扱いが抜群にうまいと評判だ。

レオンの新作は半年前に封切られ、大ヒットを記録した。

人気が出るとアンチが出るのは世の常で、例の強引な訳によるひどい動画がどこからか湧いて広められそうになったけれど、マネージャーになった弥洋は全力で止めて、今後のための対処をした。

例のニュース配信サイトに賠償金を請求しない代わりにお詫び付きで正しい訳の動画を無償でたびたび配信させ、ヴァレンバーグ監督の公式サイトを作って「今後は誹謗中傷に厳しく対処する」と予告し、実際に特にひどいアカウントをいくつか訴えた。

そのときに大きな助けになったのは、レオンの恩赦に過去の行いを深く反省したブルーノがネットでメンバーを募って組織したボランティアのパトロール隊だ。

「もともと俺のせいだから、こんなことで償いになるとは思わないけど……」とブルーノは言っていたけれど、彼が集めたマンパワーはありがたかった。

もしあのときクビにして放逐してたら、きっとブルーノはパトロールする側ではなく悪意の中傷者側にいただろう。そう思うと、レオンの慧眼に感心せずにはいられない。

ちなみにブルーノはお気に入りのカフェのメイドさんとお付き合いを始めたそうだ。趣味と実益を兼ねてメイドカフェでバイトをしていたという彼女は心理学を勉強している大学生で、可愛いふりして上手にブルーノをコントロールしてギャンブル関係と距離を置くように手綱をしっかり握っている様子がうかがえて頼もしい。

ブルーノたちパトロール隊のおかげで証拠が集まったところで、弥洋は弁護士に依頼して名誉棄損の訴訟を起こした。

公式サイトで訴訟を起こしたと報告したら、さーっと水が澄むように悪意に満ちたアカウントやコメント、サイトが消えていった。訴えられて困るようなことは最初から言わなければいいのに。

ネット上で悪意をばらまく匿名の人々は、なぜか有名人から自分が反撃されるとは思っていない。「消したらなかったことになる」と思っている人が多いのも謎だ。

暴言を投げた先には人がいるのだから、許せないと思えば相手にもやり返す権利はある。消したところでやったことは消えないし、サーバーに残っていることが多い。なんならスクリーンショットでも日付入りなら証拠になる。

すでに賠償を命じた判決がいくつも出ているのに自分に都合が悪いことは見えないのだろうか……と弥洋は首をかしげるのだけれど、不用心に攻撃してくるならそれはそれで都合がいい。反撃しやすくなるだけだから。

ともあれ、あのインタビューによる悪影響は最小限に留められたと思う。

「むしろ、利用する弥洋にビビったわ」というのは樹里の言だ。

睡蓮に化けるにあたって山本夫妻にお世話になったことを知ったレオンは、「ぜひお礼をしたい」と樹里の取材依頼を受けた。優太の過去の映画コラムを読んで、二人が本当にヴァレンバーグ作品のファンだと実感できたのも大きかったらしい。

せっかく友人から取材を受けるのなら、と、弥洋は「新マネージャーが見た事件」として匿名で例のインタビューについても書いてもらうことにした。

樹里の担当は映画雑誌ではなくファッション雑誌だけれど、女性読者の多さが吉にはたらいた。美貌の監督が受けた仕打ちに怒り、同情してくれた読者たちは、正しい情報を広めてくれたばかりか映画館まで足を運んでくれたのだ。

作品を観た人たちが「よかった」と勧めてくれたおかげで、普段映画を見ない層も関心をもってくれた。

創作の苦労を知っているだけに、レオンの作品が評価されるとうれしい。これをきっかけに映画好きが増えたらもっとうれしいと思うようになったのは、レオンの影響だ。

「映画に限らず、小説や漫画、演劇やミュージカル、その他いろんな娯楽に含まれる『ストーリー』に僕らは想像力を育ててもらうんだよね。想像力を使って僕らは自分自身を救うこともできるし、自分ではない誰かの心を思いやれるようにもなる」
自らの心を耕し、種を蒔けるのは自分自身だ。

ひとりひとりの心の豊かさのためにも「ストーリー」は大事で、それを提供するコンテンツと場所が身近にあり続けることが重要だとレオンは言う。映画館、書店、図書館、劇場、美術館や博物館など、子どものうちから気軽に行ける感覚があってこそ残っていく。

そのためには魅力あるコンテンツを提供することがもちろん大事だけれど、現在の利用者が新しく興味をもった人々を歓迎して、楽しみを広めていくことも重要だ。レオンの新作にはそういう裏テーマも織り込まれていたけれど、気づいたのはきっと一部だろう。

だけど、それでもいい。蒔かない種は咲かないが、作品を通して誰かの心に花が咲いたのなら、それがたとえ一粒の種でも世の中を少しいいものに変えるはずだから。

授賞式はつつがなく終わり、会場を立食パーティ用のホールに移した。

きらびやかな喧騒からするりと抜け出した弥洋は、裏庭に面したバルコニーに出る。

元ホテルマンだから豪華な空間にも、有名人にも、パーティの騒々しさにも慣れているけれど、仕事じゃないと少々手持ち無沙汰だ。

まだ浅い春の夜のひんやりと新鮮な空気に一息ついて、ライトアップされた美しい庭を眺めていたら、背後で静かにドアが開いた。

ちらりと目を向けた弥洋は、予想どおりの人物が自分を見つけたことにふふっと笑う。

「主役がこんなところに来ていいの？」

「義理は十分に果たしたよ。みんなだってあとは勝手に飲んで騒ぎたいはずさ」

ネクタイをゆるめたレオンが大股で距離を詰めて、背中から弥洋をすっぽりと抱きしめた。

「ひどいね、僕の愛しいマネージャーは。狼(おおかみ)の群れの中に置き去りにして、自分はこんなところで隠れているなんて」

「狼？　祝福を言いに来た美しい女優や俳優、スポンサー希望の紳士、マスコミ関係者に見えたけど？」

弥洋のふわふわの髪に高い鼻先をうずめて、レオンが嘆息する。

「狼よりハイエナが多かったかな」

「ライオン大帝(ル・グラン・レオン)なら余裕で制圧できるんじゃないの？」

「まあね。でも、僕の羊(ムトン)が近くにいないと心配で気もそぞろになる」

睡蓮の名前の由来――ヒツジ草、そこから弥洋の名前の漢字のつくりを知ったレオンは、弥洋への呼びかけに「僕の羊」を加えた。

ライオンと羊は生息域が違うから本来なら出会わないはずだけれど、レオンにとって弥洋はとっくに美味しいご馳走だ。耳朶を甘噛みしてくる恋人に身をすくめながら、弥洋はシャープな頬に手を当てて止めた。

「あなたの羊は自分の身を守れるのに」

「わかってるけど、今日は本調子じゃないだろう?」

心配そうな恋人を弥洋は苦笑して見上げる。

「誰のせい?」

「僕だね。ごめん。お詫びのキスをしてもいい?」

「お詫びにならないし、こんなところでダメだよ」

振り返らせようとしている恋人の腕から逃げる。けれどもすぐに捕まって、大きな木が周りから隠してくれるバルコニーの死角に追い込まれてしまった。

「レオンってば……ん……っ」

軽く触れるだけのキス。ついばんで、深く重なる。

うっかり与えられる悦楽にのめりこみそうになったものの、遠く聞こえるざわめきに踏みとどまった。オーダーメイドのタキシードに包まれた厚い肩を軽く叩いてキスを中断させる。

「ダメって言ったのに……」

息を乱している弥洋の唇を名残惜しげにぺろりと舐めて、レオンがくすりと笑う。

「きみを前にしたら我慢なんてできないよ」

「ゆうべもあれだけしたのに、飽きないの……?」

「全然。普段は我慢させられてるからね」

「してもらわないと俺が困る。大食らいだよねえ、ライオン大帝(ル・グラン・レオン)は」

「きみが美味しすぎるのがいけないんだよ、僕の羊」

「反省してないね？」

「僕が満足するまでついてきてくれるきみは世界一の恋人だな、と毎回思ってるよ」

「……今後も手加減する気はないってこと？」

にっこり、無言の笑みを返された。やっぱり反省していない。

でもまあこれは仕方ないかもしれない。彼が言うように、普段は仕事を優先してレオンに回数制限をかけているからだ。

完璧な仕事をするには万全な体調が重要というのは「睡蓮」で無理をしたときに身を以って学んだから、弥洋は夜のスケジュール管理もしっかりするようになった。

翌日が仕事の日は基本的に一回、最大で二回。回数制限だけだと出せないようにして延々と抱かれる危険性があるから、一時間以内という時間制限もしている。「おかわり」自由は休日の前のみだ。

もともと体力はある方だし、鍛えてもいるけれど、レオンが満足するまで抱かれたらさすがの弥洋もぐったりして半日使い物にならなくなるのだ。というか、半日で回復できるだけ我ながら偉いと思う。

いまは授賞式のためにある意味旅行中だから回数制限をしていないのだけれど、ゆうべも濃厚に抱かれて午前中の弥洋はベッドの住人だった。

ちなみに弥洋がベッドの住人になるとレオンが喜々として面倒をみてくれる。

一年のほとんどをホテル暮らししていたにもかかわらず、レオンは家事全般ができる。学生時代に一人暮らしをしていたのと、好奇心の旺盛さゆえだ。

特に料理は映画に美味しそうなものが出てきたらレシピを調べて作ってみる、というやり方でレパートリーを増やしたそうで、かなりの腕前だ。

お気に入りの弥洋のふわふわのくせ毛を指先で撫でながら、恋人が甘い声で聞いてくる。

「明日の朝ごはん、何がいい？」

何気ないけれど、この質問には裏がある。

「それ、明日の朝の俺が起きられなくなってるってこと？」

「うん。今夜はお祝いにきみが欲しいから」

悪びれもせずにねだってくるレオンは、軽やかな口調とはうらはらに瞳に熱を湛えている。今日の喜びを体ごと弥洋と分かち合いたがっているのがわかって、ぞくぞくと体内が甘くうずいた。

「あなたのお望みのままに、愛しの我が君」

朝ごはんのリクエストも、今夜のお祝いも。

すべてをゆだねるのを受け入れて、弥洋は恋人の唇に自分から口づけた。

ライオンとひつじの朝

レオンの最愛の恋人、弥洋はとても朝に強い。

満足するまで付き合ってもらった翌朝はさすがにベッドにぐったり沈んでいるけれど、普段は早朝にしゃきっと起きて、きちんと身支度を整えてから美味しい紅茶を手にレオンを起こしにきてくれる。

ふわ、と鼻先をよぎる香気に意識を刺激された矢先、恋人の落ち着きのある、耳に心地い い声がやさしく響いた。

「おはよう、俺の王様」

「んー……」

レオンも寝起きは悪い方じゃない。本当はすぐにでも体を起こして活動を始められるのだけれど、寝起きの自分を甘やかしてくれる弥洋の態度が好きすぎてついベッドでぐずぐずしてしまう。

ちらりと目を開けたら恋人はベッドの端に腰かけていた。愛おしげな眼差しでこっちを見て、くしゃくしゃになったレオンの金髪を指で梳いてくれている。慈愛に満ちた美しさに目を奪われる。

バトラーのときと違って、レオンのものになった弥洋はふわふわの髪をそのままにしているようになった。外出時はワックスなどで軽くセットするけれど、何も付けていないときの方が手触りがよくてレオンは好きだ。そのことを知っている弥洋は家にいる間はふわふわさせていてくれる。

眼鏡もバトラーのときとは変わった。細いフレームの眼鏡は知的でありながら美しい顔立ちを隠さず、とてもいい。彼が眼鏡をはずした素顔を見られるのが自分だけなのも最高だ。すらりとしなやかに美しい体には、きちんとアイロンのかかったシャツと形のいいパンツを身に着けている。休日はもっとラフだけれど、今日は仕事があるから秘書兼マネージャーらしい格好だ。禁欲的なのがそそる。

まだ眠いふりをしてベッドに腰かけている恋人の細い腰に腕を回し、すんなりと魅惑的な腿に頭をのせた。甘える大型犬のような真似をするレオンに弥洋が笑う。

「起きたくないの？」

「キスしてくれたら起きる」

いつものおねだりをすると、「仕方ないなあ」と弥洋が眼鏡をはずした。腕時計のタイマー機能をオンにする。

「いますぐ起きたら一分、それ以降は自動カウントダウン」

いつもの条件だ。

がばりと体を起こして抱きすくめ、唇を奪う。体重をかけて押し倒し、甘い口内に舌を差し込んで深くまで味わった。

「ん……っ」

鼻にかかった色っぽい喉声はもっと聞きたくなるほど耳に心地いい。どれほど抱いても、味わっても、弥洋には飽きるということがない。むしろ反応も味わいも好みすぎてますます欲しくなる。

堪能していたら、無粋なアラームが鳴り響いて中断を余儀なくされた。しぶしぶキスをほどいて名残を惜しんで唇を舐め、ため息をつく。

「一分は短すぎるよ」

「これ以上されたら俺が困るの。改めておはよう、レオン」

息を乱しながらも体を起こした弥洋が、不満げなレオンの頬に手を添えてちゅっと仕上げのキスをくれる。

我ながら単純だけれど、恋人からのキスですっかり機嫌が直った。ベッドから出ようとするのを捕まえて抱き寄せ、髪に頬ずりする。

「おはよう、僕の愛しい花。今日もきみは最高に美しいね。いますぐ摘み取って食べてしまいたいくらいだ」

「こらこら、どこさわってんの」

「天国のように気持ちよくて可愛いきみのお尻」

わかっていてとぼけたら、「もう」と苦笑した弥洋が自分のヒップの代わりに紅茶のカップをレオンの手に持たせた。

「髪やってあげるから、これ飲んでて」

「うん、ありがとう」

背中に回った弥洋が丁寧にブラッシングしてくれている間に、ちょうど飲みごろになったモーニングティーを口に運ぶ。恋人が淹れてくれる紅茶は彼同様にレオンの好みにぴったりで、いつもとても美味しい。

ホテル暮らしだったころから味が変わらないのは、弥洋がレオン専用にブレンドしてくれた茶葉だからというのを二人で暮らし始めてから知った。

弥洋がホテルを円満退社するにあたって、レオンは日本の拠点用にマンションを二部屋購入した。ひとつは恋人との愛の巣にして、もうひとつは事務所にしている。以前から仕事仲間に勧められていたのだけれど、『ホテル　サガミ』じゃないと弥洋に会えないと先延ばしにしていたのをようやく実行したのだ。

恋人になった弥洋との暮らしは最高に幸せで、毎日が楽しい。

ホテル暮らしのときも彼がいるだけで幸せだったけれど、いまは好きなときにさわって、愛の言葉を囁いて、愛しあえるのだ。生真面目な恋人は九時から五時までは仕事モードだけれど、ちょっと困り顔でたしなめられるのも、はにかみながら小声で愛の言葉を返してくれるのもたまらなく可愛くて愛おしい。

夜に愛しあったあと、色っぽい顔をした弥洋の頼りない脚を心配しながら見送らずにずっと腕に抱いて眠れるのもうれしくて幸せだ。朝ごはんを作ってあげられるのも。

朝の身支度を終えたらいつも二人でキッチンに立つ。

「なに作ろうか」

冷蔵庫を開けてリクエストを募ると、横からのぞきこんできた弥洋が答える。

「卵があるね。今日は洋風の気分かな」

「僕特製のフレンチトーストは？　ハムとチーズを挟んだやつ」

「あ、それ好き。作ってくれる？」

「もちろん」

恋人の「好き」をもらったからにはいくらでも作る。はりきって腕まくりすると、袖を折り返すのを手伝ってくれながら弥洋が残りのメニューの提案をくれた。

「あとはサラダとゆうべの残りのスープでどう？」

「うん。デザートはきみ？」

「平日には不適切だね。ヨーグルトでいい？」

バトラー時代からの口癖であっさり却下されたけれど、代替案も悪くない。

「ヨーグルトを食べるきみの色っぽさでギリギリ合格」

「馬鹿」

真面目に答えたのに軽く腕をたたかれてしまった。照れ顔も最高だな、と思っている間に鋏とボウルを手にした恋人はさっさとベランダに出てしまう。

すらりとした背中を目で追いながら、ホテルでは見られなかった光景に唇がほころんだ。

日当たりがよくて広いベランダには、テーブルセットを囲んで豊かに育ったハーブや野菜のプランターが並んでいる。二人で暮らし始めてからできた共通の趣味だ。

一緒に世話をするのも楽しいし、植物とはいえ生き物を育てるのは張り合いがある。収穫は喜びだ。

仕事の都合で長期不在にするときもあるのだけれど、弥洋の友人であり、いまやレオンとも仲よくなった山本夫妻が面倒をみてくれるからすくすくと育っている。また、レオンの友人の相模原の恋人はガーデンデザイナーという仕事がら植物に詳しくて、質問すると専門外でもいろいろとアドバイスしてくれる。

弥洋がサラダ用の野菜を収穫している間に、レオンはゆうべの残りのポトフの鍋を火にかけ、特製フレンチトーストの準備をした。

カナダで考案されたといわれるモンティクリストのバリエーションのようなレオンのフレンチトーストは、粒マスタードを塗った食パンの間にハムとチーズを挟んだサンドイッチを作り、両面を卵と砂糖とミルクの卵液に浸けてバターでこんがり焼いたものだ。甘じょっぱさが幸せな、ボリューム満点のホットサンド。

長時間卵液に浸さない方が好きなレオンは、パンに卵液を完全に吸わせることにはこだわらずにバターを溶かしたフライパンに残った卵液ごと投入する。一緒に焼いて絡ませるのだ。じゅわっといい音が響くと共に、甘く、美味しそうな香りがキッチンに広がった。

ボウルいっぱいのカラフルな野菜を抱えた弥洋が戻ってきた。

「プチトマト、めちゃくちゃ豊作だったよ」

「ひとつ味見」

あ、と口を開けると「ちょっと待って」とつやつやの赤い実をひとつ、ヘタを取って水洗いしてから食べさせてくれる。かつては「不適切です」と断られていただけに、こういう何気ない甘やかしがしみじみうれしい。

じゅうじゅう歌うフライパンに蓋をして、弥洋が水洗いした採れたて新鮮そのもののルッコラ、ラディッシュ、ベビーリーフ、プチトマトを食べやすくカットする。

盛りつければサラダの完成だ。味付けはレオンも弥洋も気に入っている『ホテル　サガミ』のオリジナルブランドの中華風ドレッシングにした。

フライパンの中身の焼き具合を見て、ひっくり返してからもう少し放置。温まったポトフを陶器のお碗によそい、余った時間でブラッドオレンジの生搾りジュースも作る。その横で恋人はヨーグルトに刻みナッツを散らして蜂蜜を垂らしてデザートを用意し、仕上がった皿をベランダに運ぶ。

いい感じにフレンチトーストが焼きあがった。こんがり、黄金色の熱々をカットするとチーズがとろりととけだし、ハムのピンクにも食欲をそそられる。盛り付けの仕上げに黒胡椒をふって、ベランダに声をかけた。

「できたよー」

「こっちも準備ＯＫ」

弥洋が空けておいてくれたメイン用の空間に、出来たてのフレンチトーストの皿を運ぶ。阿吽の呼吸でそろえた朝食はホテルさながらに豪勢だけれど、朝からしっかり食べる派のレオンには普通のボリュームだ。弥洋にはちょっと多いようで、食べきれなかったぶんはいつもレオンが引き受ける。

丸いテーブルを囲み、二人で作った朝食を食べるひとときがレオンはことさらに好きだ。

「ヤヒロ、口をあけて？　さっきのお礼に食べさせてあげる」

「ええ……、さっきのは味見だったじゃん」

言いながらも笑って口を開けてくれる弥洋は最高に可愛くて愛おしい。綺麗な粘膜の色も美味しそうで、プチトマトの代わりにキスをあげたくなってしまう。

「キスしていい？」

プチトマトをもぐもぐしている恋人に聞いたら、眼鏡の奥で目を丸くされた。

「どこでスイッチ入った？」

「僕の手から素直に食べてくれるヤヒロが可愛くて。あ、でもスイッチは関係ないな。僕はいつだってきみにキスがしたいんだよ、可愛いひと」

本心を告げたら「知ってる」と返した弥洋が照れたように笑った。駄目だ、可愛すぎる。これはキスせずにはいられない……と手を伸ばしたら、すらりとした手でキャッチされた。楽しそうに笑ってにぎにぎされる。

「でもいまは駄目。せっかくの美味しい朝ごはんが冷めるし、キスだけですまなかったら困るからね」

「うーん、それを言われたら無理強いはできないな……」

「無理強いなんかしなくても、夜に好きなだけしたらいいよ」

ちゅ、と指先にキスをくれてから弥洋がレオンの手を離す。そんな誘う真似をしておきながら、照れて笑うのだから可愛くて困ったものだ。

素の弥洋は「ハスミ」とも「睡蓮」とも違うけれど、「ハスミ」でもあり「睡蓮」でもある。仕事ができて、一見クールなのにやさしくて、話すと楽しくて、無自覚にレオンを誘惑しておきながらシャイで初心で感じやすい。仕事上のパートナーとしても恋人としても最高だ。

幸せでにこにこしていたせいか、弥洋がナイフとフォークで綺麗に一口大にカットしたフレンチトーストを口に運びながらくすりと笑う。

「レオン、寝起きはよくないのに朝ごはんのときはいつもご機嫌だよねえ」

「寝起きも悪くないよ」

一応訂正するけれど、いつも甘えているせいで「はいはい」と流される。そのうち真実をちゃんと伝えるつもりではあるものの、もうしばらく誤解は放っておく。

とりあえず、朝食のときに機嫌がいい自覚はある。

「きみと朝食を一緒に食べたいなって、ずっと思っていたからね」

バトラーのときは仕事中で付き合ってもらえなかったし、睡蓮のときは朝がくる前に帰らないといけなかったから、愛する彼と朝食を食べられるようになったのは「弥洋」になってからだ。

ぱしぱしと目を瞬（しばたた）いた弥洋が納得顔になった。

「そう言われたら、俺も朝食が特別な気がしてきた」

「ね？　あ、でもこれからは朝食だけじゃないよ」

「え」

戸惑う恋人の美しい黒曜石のような瞳を見つめて、想いをこめて宣言する。

「これからは人生のすべての食事をヤヒロと一緒にしたい。ていうか、するからね。きみに与えられた返事の選択肢は『イエス』か『ウイ』か『はい』のみだ」

「ぜんぶ同じじゃん」

噴き出した弥洋に色よい返事の気配を感じてほっとした矢先、急に彼が固まった。おずおずとこっちに目を向ける。

「……それ、プロポーズになるよ」

忠告するような口調ににっこりしてしまう。

「いや、まだ違うよ。プロポーズはもっとロマンティックにするからね。これは予約」

「ええ……⁉」

「それで、返事は」

きっと大丈夫だとは思いながらも、祈るような気持ちでレオンは弥洋の瞳を見つめて返事を待つ。

ふわりと花が咲くように笑みをこぼした弥洋の返事は、許可した三つ以外のものだった。

「よろこんで」

自分の言葉で返してくれる恋人は世界一素敵だ、と改めてレオンは惚れ直していた。

あとがき

こんにちは。または初めまして。間之あまのでございます。

このたびは拙著『嘘とひつじ』をお手に取ってくださり、ありがとうございます。こちらは通算二十五冊目のご本となっております。

今作は既刊『キスと小鳥』『恋とうさぎ』（作中でちらっと出てきたレオンの友人たちのお話です）のリンク作ですが、内容的には完全に独立しています。

既刊を未読でも全然問題なく読んでいただけますので、初めましての方もご安心くださいね（ニコリ）。

じつはこちらのシリーズは、『キスと小鳥』を書き終えたころにタイトルからイメージが派生して『恋とうさぎ』『嘘とひつじ』まで私の中でキャラクターが出そろっていました。

できれば三連作にしたいな……とひそかに思っていたのですが、本当に『キスと小鳥』の新装版から今作『嘘とひつじ』までお届けすることができて感無量です。

これもひとえに太っ腹なルチル文庫様と頼れる担当様、毎回素晴らしいイラストでキャラクターに命を吹きこんでくださった蓮川先生、既刊をおもしろいと言ってくださった方、いつも応援してくださる方のおかげです。本当にありがとうございます。

ちなみに今作はおふとんシーンでひつじタイム（↑？）があるのですが、作品と不可分なシーンとはいえ蓮川先生にイラストを描いていただく世界でそんなことをさせていいものかすごくためらいました。

そんな私の背中を「蓮川先生はなんでも素敵に描かれるから大丈夫です！」と力強く押してくださり、あまつさえ「イラスト指定しときました♪」とご報告くださった担当さんはさすがの猛者です（笑）。（実際にとっても色っぽく、素敵に描いていただけたので、思いきってレオンの好きにさせてあげてよかったです。）

三連作の最後を飾る二人の恋物語、今回も大事に、愛しく書きましたので、ご縁のあった方に楽しんでいただけたらうれしいです。合わない方はどうか第六感等で察知してお互いの幸せのためにも避けてくださいね（祈）。

イラストは、今回も幸せなことに蓮川愛先生に描いていただけました♪

どのキャラクターもどのシーンもイメージぴったり（むしろそれ以上に素敵！）で、ラフが届くたびに幸せでした。

弥洋くんが本当に美人！　しかもめちゃくちゃ色っぽい……！　有能バトラー「ハスミ」と華やか遊び人風「睡蓮」の変身ぶりも鮮やかで、一人二役の醍醐味が詰まっています。

そしてレオンが素晴らしいゴージャス美男……！　もう本当に蓮川先生に描いていただけ

るのを楽しみにレオンを金髪碧眼ハーフアップ美形にしてよかったです。麗しさにときめき、色っぽさにくらくらします。眼福すぎて拝みました。

蓮川先生、今回も美しくて色っぽくて細部まで完璧な、素晴らしいイラストを本当にありがとうございました。カラーも美麗でうっとりです。毎回表紙に登場させてくださっていたタイトル絡みの動物も、ふわふわ可愛いひつじのぬいぐるみで今回も自然に入れてくださっていて「さすが！」となりました。口絵もカラーで見たかったシーンなので本当にうれしいです。

励まし上手な担当F様をはじめ、今回も多くの方々のご協力とたくさんの幸運のおかげでこのお話をこういう形でお届けすることができました。ありがたいことです。

読んでくださった方が、少しでも幸せな気分になったらいいなあと思っております。

楽しんでいただけますように。

金木犀の季節に

間之あまの

✦初出　嘘とひつじ……………………………書き下ろし
ライオンとひつじの朝……………書き下ろし

間之あまの先生、蓮川 愛先生へのお便り、本作品に関するご意見、ご感想などは
〒151-0051 東京都渋谷区千駄ヶ谷 4-9-7
幻冬舎コミックス　ルチル文庫「嘘とひつじ」係まで。

幻冬舎ルチル文庫

嘘とひつじ

2020年11月20日　第1刷発行

✦著者	間之 あまの　まの あまの
✦発行人	石原正康
✦発行元	株式会社 幻冬舎コミックス 〒151-0051 東京都渋谷区千駄ヶ谷 4-9-7 電話 03(5411)6431［編集］
✦発売元	株式会社 幻冬舎 〒151-0051 東京都渋谷区千駄ヶ谷 4-9-7 電話 03(5411)6222［営業］ 振替 00120-8-767643
✦印刷・製本所	中央精版印刷株式会社

✦検印廃止

ISBN978-4-344-84763-7　C0193　Printed in Japan

「幻冬舎ルチル文庫」
大好評発売中

間之あまの【恋とうさぎ】

蓮川 愛 イラスト

動揺するとすぐに固まる小心者なのに、クールな美形だと思われている宇咲杜羽は、やけ酒をあおった翌朝、高級ホテルのベッドで目を覚ます。同じベッドにいたのは、少し苦手な取引先会社の超有能秘書・相模原。本気で人を好きになったことがないという相模原に興味をもたれた杜羽は、なぜか期間限定で「お試しの恋人」を引き受ける羽目になり……!?

本体価格680円＋税

発行●幻冬舎コミックス　発売●幻冬舎